独身主義の令嬢は、公爵様の溺愛から逃れたい

吉高花

B's-LOG BUNKO
ビーズログ文庫

イラスト／KRN

Contents

サイラス・
ミハイル・アーデン
アーデン公爵家の現当主。
誰もが見惚れる美貌の持ち主だが、
身なりに無頓着で
人付き合いも少ない。
なぜか面識のないエレンティナに
婚約を申し込む。
エレンティナ・
トラスフォート
トラスフォート伯爵家の令嬢。
"とある理由"から独身主義を誓うも、
アーデン公爵に婚約を
申し込まれてしまう。
婚約破棄のために
アレコレと画策するが…!?
独身主義の令嬢は、
公爵様の溺愛から逃れたい

Character

エマ

エレンティナの侍女。
明るく前向きな性格で、
エレンティナの
良き相談相手。

ロビン

アンサーホリック伯爵家の
次男。
見栄っ張りな浪費家で、
エレンティナに
婚約破棄を言い渡す。

マリリン

ロビンの新たな婚約者。

マリー

エレンティナの学院時代の
幼なじみ。
母の形見として
「紋章入りのブローチ」をもつ。
その正体は…？

オルセン伯爵

マリリンの養父。

第一章✦念願の婚約破棄

「エレンティナ・トラスフォート伯爵令嬢《はくしゃくれいじょう》、僕は真実の愛に目覚めてしまった。だから君との婚約《こんやく》は破棄《はき》する。もちろん今頃《いまごろ》は君の家にも知らせが行っているとは思うが、それでも直接僕から君に伝えるのが僕の、君への最後の義務だと思ったんだ」

と、私にさも「僕は君のために辛《つら》い役割をあえて選んだ、なぜならこれが君への僕の優《やさ》しさだから！」とでも言いそうな表情でうっとりとおっしゃったのは、たった今まで私の婚約者であったアンサーホリック伯爵家の次男ロビンだった。

そしてそんな気まずい場面にさりげなくいて、うっとりとロビンを見つめているのは、最近ロビンがご執心《しゅうしん》のお相手マリリン。今日も可愛《かわい》らしくリボンをあしらった装飾《そうしょく》多めのフリフリとした衣装《いしょう》が、くっきりとした可愛らしいお顔にとてもよく似合っている。

私は一呼吸置いた後、ゆっくりと言った。

「まあ、わかりましたわ。ああいいえ、私のことはどうかご心配なさらないで。真実の愛で結ばれた素敵《すてき》な方を見つけたのですもの、どうぞ幸せになってくださいね、ロビン」

そしてにっこりと微笑《ほほえ》むと、しずしずとアンサーホリック邸《てい》を後にしたのだった。

（ああ……これまで長かった……。でも、やっと婚約破棄させたわ！）

万歳《ばんざい》！

「……お嬢様《じょうさま》、お喜びはわかりますが、館にお帰りになるまでは悲しそうにしておく方がよろしいのでは……お喜びはわかりますが」

馬車に乗り込むや否《いな》や満面の笑《え》みで派手に万歳をした私に、付《つ》き添《そ》っていた侍女《じじょ》のエマが苦笑《くしょう》しながら言った。

「あらつい私としたことが……。そうね、誰《だれ》かに見られてショックで頭がおかしくなったなんて思われたら嫌《いや》だものね。でも聞いてエマ！　私、とうとうやったの！　婚約破棄されたのよ！　さすがロビン、流行ははずさない男！」

そう、なぜか今、この国の貴族の青年たちの間では「婚約破棄」が大はやりなのだった。

自由恋愛《れんあい》、なんて素晴《すば》らしい。僕は親に押しつけられた意に染まぬ相手より、真実の愛で結ばれた女性と結婚《けっこん》するんだ！　とまあ、貴族社会でぬくぬくと育った坊《ぼっ》ちゃんたちが、最近突然《とつぜん》ぞくぞくと反旗を翻《ひるがえ》している。

僕の選んだ人は最高だ！　だから結婚する！

わあい、なんて幸せな世界でしょう。しかしその風潮のお陰《かげ》で、私はやっとあの頭が空っぽで見栄《みえ》っぱりなロビンと縁《えん》を切ることが出来たのだ。

いやあ、大変だった。なにしろロビンはその大好きな高級アクセサリーや高級な紳士《しんし》服を買うためのお財布《さいふ》を父親のアンサーホリック伯爵に握《にぎ》られていたせいで、その父親の決めた結婚相手がたとえどんなに好みとは正反対だろうとも、なかなか今まで思い切った行動には出なかったのだ。

だけれどこれで、私は晴れて自由の身よ！

私は思わずふっふっふ、と笑みを漏《も》らしてしまってから慌《あわ》てて引っ込めた。

いけないいけない、家に帰るまでは、一応は傷心の令嬢を装《よそお》わなければ。今この馬車から嬉《うれ》しげな笑い声なんて聞こえてはいけない。

しかしこれでやっとロビンも、今まで散々陰で自分の婚約者が地味でどこにでも埋没《まいぼつ》してしまうほど何《なん》の変哲《へんてつ》もなく、色気も愛嬌《あいきょう》もないつまらない女だと文句を言っていたその口を閉じてくれるだろう。

ええ、もちろんその通りですよ。嫌というほど知っていますとも。

なにしろわざとそうしているんだから。

誰がロビンなんぞに本当の姿を見せるものですか。

けれども常に超《ちょう》一流品に囲まれていたい、流行の最先端《さいせんたん》を常に走っていたいプライドが恐《おそ》ろしく高い男、それがロビンである。親が決めた婚約者が、よりによってこんなに地味で流行にも全く理解がないなんて、きっとそれはそれは嫌だったに違《ちが》いない。

今までロビンが滔々《とうとう》と自慢《じまん》話や流行の解説を聞かせても興味なさそうに生返事しかしな

かった私は、彼からしたら信じられないくらいに鈍感《どんかん》でつまらない女だったはずだ。

だからそんな時に流行をたくさん取り入れた豪華《ごうか》なドレスの可愛らしいご令嬢が甘々な態度ですり寄ってきたら、グラつくのもわからないでもない。

まあロビン、顔だけはいいしね。

新興の男爵《だんしゃく》家の遠縁《とおえん》だというそのマリリンは、元平民ではあったのだが今ではその男爵家の養女となり、正式に社交界デビューをしたとたんにロビンに夢中になった。

アンサーホリック伯爵家は、我がトラスフォート伯爵家と同じくらいには歴史のある伯爵家である。顔良し、家柄《いえがら》良し、そしてスマートでお洒落《しゃれ》で社交性もあるロビンは、マリリンにとってはまるで物語の王子様のように見えたのかもしれない。

もちろんそんなロビンに近づくマリリンを、私は見て見ぬフリをした。

だって、今は婚約破棄が大はやりなのだもの。なんてうってつけな素晴らしい人材なの。

二人はもうこの世にはお互《たが》いしかいないかのように、よくうっとりと見つめ合っていたものだ。熱烈《ねつれつ》に愛し合う二人。ああなんて美しい光景でしょうか。

「でもマリリンはもう少し狙《ねら》う相手の財政状況《じょうきょう》をちゃんと調べるべきだったと思うの」

私は思わずエマに言っていた。

今は愛するロビンと付き合えて幸せかもしれないけれど。

「まあ恋《こい》は盲目《もうもく》といいますし、平民出身の方ですから貴族はみなさんお金持ちに見えるのかもしれませんねえ。私もお嬢様からお聞きするまで、ロビン様がとてもお金持ちな方に見えましたもの」

「そしてロビンも、そもそも私との婚約がなされた理由が私の多額の持参金が必要だったから、ということをマリリンには絶対に言わないんでしょうね」

そう、今もあのロビンの普段《ふだん》の煌《きら》びやかな服装を始めとしたこの華《はな》やかな生活は、彼の父であるアンサーホリック伯爵の財産を着々と、容赦《ようしゃ》なく減らしていた。

そのうち彼の父はぶち切れるだろう。既《すで》にもうその兆候が感じられる。それに伯爵位を継《つ》ぐ予定の彼の兄はさらにロビンの散財を苦々しく思っている。だからあの兄が伯爵位を継いだら、きっと弟にこれ以上財産を食《く》い潰《つぶ》されないように厳しい態度に出るはずだ。

そのため今後、彼は持参金の多い妻を迎《むか》え入《い》れるか返す当ての無い借金をするしか今の生活を維持《いじ》できない。だからこその私との婚約だったというのに。

なのに恋に目がくらんでマリリンを選んだロビンは、いつまで今の生活を続けられるのかしら。

私は自分の館に帰るとまっすぐに父の書斎《しょさい》に向かい、事の次第《しだい》を報告した。

すると私の父であり、この由緒《ゆいしょ》ある伯爵家の歴史ある書斎に座るトラスフォート伯爵は悲愴《ひそう》な顔になって言った。

「ああティナ、パパの可愛い娘《むすめ》！　なんて可哀相《かわいそう》に！　でもまたこのパパがすぐにもっと良い相手を選んであげるからね。そうだ、持参金をもっと増やそう。そうしたら、きっと沢山《たくさん》の男が君の魅力《みりょく》に気がつくに違いないよ！」

ちなみにこの父は、本気でそう思っている。

たしかにこの貴族社会、持参金のない娘には誰も見向きもしないというのが悲しい現実だった。そして私のように少々後ろめたい事情があれば、その金額はさらに膨《ふく》れ上《あ》がることが多い。なんて世知辛《せちがら》い世界なのだろう。

だけども私は言った。

「まあ、ありがとうございます、お父様。でももういいのです。お父様もおわかりでしょう？　むしろあんな男に我が家のお金を使われなくてよかった。それに、前から私はお金で買われるのではなく、仕事に生きたいと申し上げていたではありませんか。今回のこともきっと神様が私に、お前は一生仕事に殉《じゅん》ずる運命だと教えてくださっているのですわ」

そしてことさらにしみじみとした風を装って父に訴《うった》えかける。

しかし伯爵である父は、今まさに「みずから」売れ残ろうとしている娘を見つめて、そのもじゃもじゃした眉《まゆ》をハの字にして言うのだ。

「しかしティナ、君は正真正銘《しょうしんしょうめい》の貴族なのだから、仕事がしたいならそれなりの貴族に嫁《とつ》いでからボランティアをすればいいんだよ。何も自ら苦労することはない。私は可愛い娘に後ろ指をさされるような人生を歩ませたくはないんだ」

それはもう、飽《あ》きるほど聞かされた言葉だった。が。

「しかし今は貴族でも愛のある結婚をするのがはやりらしいではありませんか。でも私にそんな方はいらっしゃいませんし、そして将来現れるとも思えません。第一、私が『魔《ま》女《じょ》』だという事実に耐《た》えられる方なんていると思えませんわ。ですからお父様、その私の持参金は私にくださいな。私はそれで自立して、一人で立派に生きていきますから！」

そして私は、またいつものように頭を抱《かか》え始めた父を置いてその場を辞したのだった。

だってしょうがないじゃない。私は『魔女』なのだから。


『魔女』

それは、この国では忌《い》み嫌《きら》われる存在だった。はるか何百年も前から教え伝えられる「邪悪《じゃあく》な魔女」の話を、この国で知らないものはいない。

「──かつて、邪悪な魔女がいた。

何百年ものはるか昔、その魔女は類い希《まれ》なる美貌《びぼう》とその黄金の瞳《ひとみ》によって、たくさんの人々を魅了《みりょう》した。

その美貌と黄金の瞳に魅《み》せられた多くの人々が彼女の前にひれ伏《ふ》し、彼女の歓心を得るためだけに喜んで殺し合った。

その中には当時の王もいて、王はとうとう全てを殺し尽《つ》くした後に、その血濡《ぬ》れた手で魔女の黄金の瞳に忠誠を誓《ちか》い自分の全てを捧《ささ》げたのだった。

それを憂《うれ》い、長い長い戦いの末にその邪悪な魔女と愚《おろ》かな王を殺した新しい王は、高らかに宣言した。

魔女は人を惑《まど》わす忌むべき者である。見つけ次第、殺さなければならない！』

――創世記「王の誕生」より――


「魔女」は今でも実は少数とはいえこうして一定数生まれてくるというのに、過去のその邪悪な一人の魔女のせいで常に忌み嫌われ、今では殺すことはしなくても、それでも見つかり次第追放される存在だった。

なのに、それでもいまだに魔女は消滅《しょうめつ》していない。それはなぜか。

その理由として、今では魔力《まりょく》は遺伝するという考えが一般的《いっぱんてき》になっている。

過去の不幸なその長い長い魔女の歴史を何人もの研究者が詳細《しょうさい》に検証して導き出された、それはおそらく真実。

どうも男性では単に魔力が発現しにくいだけでその血統は子孫へと続き、その子孫に女性が生まれた時、まれに魔力を持った状態で生まれてくるという仕組みらしい。

現に、私の魔力も父親譲《ゆず》りの可能性が高いのだ。実は父方の先祖に、非常に強力な魔女がいたらしいのだから。

しかし当然、表向きには我が家もその事実を完璧《かんぺき》に隠《かく》している。それはもう、完璧に。

なにしろもしもバレたら魔女は即座《そくざ》に追放され、一族もその血を恐れられてこの貴族社会では未来永劫《みらいえいごう》後ろ指をさされてしまうことになるのだから。

だけれど通常、魔女はその見た目ですぐにわかってしまう。

魔力のある者は、もれなくその瞳に魔力が現れて黄金に輝《かがや》くのだ。

だからもしも魔女の血統に生まれた赤子が金の瞳を持っていたら、親はその子が追放されないように、家の外に間違《まちが》ってもその情報が出ないように、すみやかに、かつ密《ひそ》かに対策をほどこすことになる。

私も先祖から密かに言い伝えられた指示に従い、ただちに親と離《はな》され隠されて育った。

集められた魔女や数少ない魔術《まじゅつ》師である男の子たちは、その隔絶《かくぜつ》された「学院」の中で長い迫害《はくがい》の歴史を学び、そしてどんな時にも魔法《まほう》を発現させないように訓練される。

それは代々魔力を遺伝させてしまう家たちが作り上げた、暗黙《あんもく》のルール。

子を、そして一族を守るためにいつの間にか密かに作られた仕組みだった。

私の魔力は先祖返りなのかはわからないが多くの魔女たちより随分《ずいぶん》大きかったので、うまく制御《せいぎょ》できるようになるまでに時間がかかってしまい、その学院を「卒業」したのは大きくなってから、つまりは今からほんの数年前だった。

平民の子も交ざるその学院で、お互いに身分や身元を意識しないで単に同じ魔女として共同生活を長い間送ってしまったため、年頃《としごろ》になってやっと実家に帰ってきた時の私の意識は、おそらくはほとんど平民とあまり変わらない状態だった。

もちろん実家に戻《もど》ってからは貴族令嬢としての常識やしきたりや所作などの猛《もう》特訓を受けたので今では表向きはなんとか繕《つくろ》えてはいるが、しかし中身はそうそう変われるものではなかった。

なのに今、私に両親が望むのは貴族令嬢としての結婚、そして幸せで。

でも結婚相手にまでそんな重大な事実を隠して、さらには自分の見かけさえも偽《いつわ》って一生を過ごさなければならないのは、とても辛いと思うのだ。

それにもしも娘が生まれたら、その娘にも魔力が宿るかもしれない。その時は、またそれを隠すために途方《とほう》もない努力をしなければならなくなる。

そんな苦労をしてまで、結婚なんてする意味があるだろうか？

そこまでして得る「幸せ」に、私はどうしても興味が持てなかった。

そんな苦労をするくらいなら秘密を抱えなくてすむような、自分が自分らしくいられる場所で一人で生きていきたいと思う。一生秘密を抱えてびくびくしながら暮らすのなんてまっぴらごめんなのだ。

やっと帰ってきた娘が、それまで思《おも》い描《えが》いていたような従順な娘ではなかったのはとても申し訳ないとは思うけれど。

それでも私は、自分が魔女であることに価値がある場所で生きていきたいと思っている。

そしてそのための地道な努力が、今日やっと実を結んだのだ。

そう、ロビンにどうにかして婚約破棄をさせるという、努力が。

婚約を破棄された令嬢は、貴族社会ではその理由に関係なくもれなく評判が悪くなる。

たとえそれが男側のただの気まぐれだったとしても、婚約を破棄されるなんて何か問題があったのかもしれない、そんな見方をされてしまうのが女性側。ああ理不尽極《りふじんきわ》まりない。

しかし、ということは、地味でつまらなくてとうとうロビンに捨てられた女、それが今の私。今まで散々ロビンが私の悪評を広めてくれたお陰で、今や社交界での私のイメージは最悪だろう。

さあ、これで私と結婚しようという人は、もういない。

そう確信した私は、その日それはそれは晴れ晴れとした気分で床《とこ》について、心ゆくまでぐっすり眠《ねむ》ったのだった。

というのに。と、いうのに！

なーぜ――――？

次の日、珍《めずら》しく早起きして朝食の間に来た父は、私の顔を見るなり喜色満面で叫《さけ》んだ。

「ティナ！　喜べ！　素晴らしい縁談《えんだん》だ！　なんと次は公爵《こうしゃく》様だぞ！」

第二章✦新しい婚約者

「はあ⁉」

私は思わず手に持っていたパンを取り落とした。今まさに食べようと手に取っていた焼きたてふわふわのパンが、真っ白なテーブルクロスの上をぽてぽてと転がっていった。

（なに……？　この父は、またなにを言い出したの……？）

とうとう父の頭のネジがどうかしてしまって、何か幻《まぼろし》でも見たのだろうか？

私の頭の中を怒濤《どとう》の勢いで思考が駆《か》け巡《めぐ》った。

私は昨日婚約破棄《こんやくはき》を「された」女である。

つまり言いたくはないが、もともとロビンに陰《かげ》で散々悪く言われていた私が、とうとう婚約を一方的に破棄されてさらに印象を悪くしたばかりなのである。

昨日のあの婚約破棄宣言の後は、おそらくロビンが晴れ晴れとした顔でマリリンを連れてどこぞのお茶会やパーティーにでも繰《く》り出《だ》しては、ひたすら沢山《たくさん》の人たちにマリリンを新しい正式な婚約者として紹介《しょうかい》したことだろう。

つまり昨日の夜あたりからは、きっともうすっかり私の社交界での評判は地に落ちている。はず。

貴族の坊《ぼっ》ちゃんたちには単なるはやりに乗っかってする軽い気持ちでの婚約破棄かもしれないが、家と家が合意した正式な婚約を「一方的に破棄される」というのは、破棄された女性にとっては大ダメージだ。そのためたいていの場合女性側はほとぼりが冷めるまでのしばらくの間、社交界から遠ざかることが多い。もちろん私もそのつもりだった。

そしてそのままこの社交界から自然消滅《しょうめつ》する予定だったのに。

これで私もやっと、堂々と一生独身でいられると安堵《あんど》していたのだけれど？

あんな伯爵《はくしゃく》家のプライド激高な男の世話になんてならないで、自分の意志で自由に生きられると思っていたのだけれど⁉

たしか私は「心ない男の浮気《うわき》で捨てられてしまい、その結果婚期《こんき》を逃《のが》した可哀想《かわいそう》なご令《れい》嬢《じょう》」という地位を手に入れたのではなかったか。

なのに、なぜ？

なぜこのタイミングでそんなことを言い出したのかこの父は。

しかし心底理解できないという顔をして混乱する私の表情を見た父が、コホンと一つ咳《せき》払《ばら》いをしたあとに説明を始めた。

「実は昨夜遅《おそ》く、なんとあのアーデン公爵《こうしゃく》家からティナとの縁談《えんだん》の申し込みがあったのだよ。ああなんと名誉《めいよ》なことだ！　あのアンサーホリックの息子《むすこ》が婚約を破棄してくれたのは幸いだった。しかも条件も悪くない。さあ、これから忙《いそが》しくなるぞ！」

って、およそ現実の話とは思えないのだけど？

しかし父の頭の中では、すでに私の花嫁《はなよめ》姿が浮《う》かんでいそうな浮かれぶりである。

必死に私は考えた。

「ちょっと待ってください、お父様。あのアーデン公爵家に結婚適齢期《けっこんてきれいき》の方なんていらっしゃいました？　たしか公爵様は奥様《おくさま》がいらっしゃったはず……。あっ、もしややもめのどこかの傍系《ぼうけい》のお年寄りですか？　うーん、たしかにそれなら形だけお年寄りに嫁《とつ》いで夫が亡《な》くなったら未亡人として暮らす方がより自由かもしれない……？　なるほどさすがお父様、それなら私も納得《なっとく》すると――」

「ティナ！　なにを言う！　そんな年寄りに私の大事な娘《むすめ》を嫁がせるわけがないではないか。それに適齢期の男ならいるだろう、今の公爵が！　先代は去年亡くなって、今は独身の息子が継《つ》いでいるのだよ。なんと今回はその公爵ご自身からの縁談の申し込みだ！　お前は公爵夫人《ふじん》になるのだよ！」

「はあ!?　そんな馬鹿な」

かくして、日当たりの良い爽《さわ》やかな朝食の間のほのぼのとしたテーブルを囲み、これでもかと目を剝《む》いて見つめ合う親子が出現したのだった。

いやだってさすがに独身の公爵様ともなれば、公爵夫人の地位を狙《ねら》ってうじゃうじゃと若くて評判も上々な美しい貴族令嬢たちが群がるものでは？　こんな、とうとう評判が見事に地に落ちたばかりの私に結婚を申し込む理由なんて微塵《みじん》もないのだが？

かのアーデン公爵家といえば財産は山ほど、領地は広大、王の縁戚《えんせき》でもある今をときめく大名家。その当主なんて。

（……………どんな顔だったっけ？　はて？）

私はそこまで考えてから、首をかしげたのだった。

もちろん私も一応は貴族のはしくれ、貴族の方々のお名前はだいたい把握《はあく》している。社交界だってあの元婚約者のロビンのお供で渋々《しぶしぶ》出ていたから、大体の人の顔も把握しているはずである。それなりのパーティーにも何度も行ったから、その中には当の公爵様がおいでになることもあったはずなのだが……。

残念ながら、私には全く記憶《きおく》がないのだった。

いや、名前を知っているということは、きっと同じ会場にいたこともあるはず。紳士《しんし》や令嬢やその母親たちが、きっと話題にしていたはず。

（だが、顔……？　んんんん……？）

しかしそうなると、それこそ謎《なぞ》だった。どうして顔の記憶もない人から結婚が申し込まれるのか。

「昨日婚約破棄の知らせを受けた時にはどうなることかと思ったものだが、これで一安心だな。いつの間になんと大きな魚を釣《つ》り上《あ》げたものだ。さすがは我が娘」

すっかり上機嫌《じょうきげん》で朝食に手をつけ始めた父に、私は恐《おそ》る恐る言った。

「……お父様、それ、新手の詐欺《さぎ》ではありませんか？」

「エレンティナ！　なんと失礼な！　ちゃんと公爵家の紋章《もんしょう》で封《ふう》された正式な手紙だったし、その手紙だってちゃんと公爵家の正式な使いが持って来たのだよ！　間違《まちが》いなどあるはずがない！」

「でも、そうとしか思えません。私には全く会話した記憶さえありませんもの」

「ではお前のその可憐《かれん》な容姿が気に入ったのかもしれないよ。大人しそうな娘が好みなのかもしれん」

「まさか」

そんなはずはないでしょう。今の私、お父様譲《ゆず》りの平々凡々《へいへいぼんぼん》地味の権化《ごんげ》のような容姿ではありませんか。親馬鹿にもほどがある。

私は思わず呆《あき》れて半眼になって天を仰《あお》いだ。

「とにかく、喜んでお受けすると返事は出しておいたから。こういうのは時機を逃してはいかん。先方の気が変わる前に早く固めてしまわなければ！」

「だからお父様！　それ絶対に騙《だま》されてますって！　早まってはいけません！　ちゃんと確認《かくにん》して！」

ちゃんとそう言ったはずだった。

しかしそんな娘の言葉なんてまるで聞こえていなかったらしい父はその後猛然《もうぜん》と話を進め、結果、やっと私が数々の努力の末にあのロビンと縁《えん》を切ることに成功したというのに、なぜかまた違《ちが》う男との婚約が成立してしまったのだった。

なぜ…………。

もちろんこの父たる伯爵の行動は、この貴族社会では非常に常識的、そしてまっとうな反応ではある。それはそうなのだが、残念なのは、私が全く貴族令嬢としてはまっとうではないということだ。

外では猫《ねこ》かぶりの地味な伯爵令嬢、しかしその実態は、感覚が平民となんら変わらないただの小娘《こむすめ》、しかも魔女《まじょ》。

それなのに、そんなたいそうなお家《うち》に嫁ぐなんてとんでもない！

もしも私が魔女とバレた暁《あかつき》には、一体どんな惨状《さんじょう》になるのだろう？

もう怒《いか》りのあまり、私ごとこちらの一族が全員葬《ほうむ》り去《さ》られてもおかしくない気がするぞ。

なにしろアーデン公爵家、魔女追放を厳命している王様の縁戚かつ側近だよ？

なのになぜ父はこうも素直《すなお》に私が秘密を守りきれると思えるのか。

ほんと私の心の負担も考えてほしい。

しかし今回、父は「公爵家」という威光《いこう》にすっかり目がくらんでいるようだった。

たしかに普通《ふつう》に考えれば、この縁談を断るような貴族の家なんてないだろう。

でも父には私が普通ではないことをもう少しちゃんと認識《にんしき》してほしいと心から思う。

一見魔女には見えないかもしれないが、だからといって忘れていいことではないのだ。

私は！　嫌《いや》です‼

しかし悲しいかな、そんな私の叫《さけ》びは両親には届かなかった。

ならば他にどうやって将来の結婚を避《さ》けるべきか。

おそらく今回の最大の問題は、相手が格上も格上の公爵家、しかも当主ということだ。

私からの婚約破棄は無理。ロビンとの婚約だって破棄させてはもらえなかったし、そもそも今回は立場的にも下であるお父様の方からは言い出せない。

じゃああちらから破棄してもらうように本人に直談判《じかだんぱん》？　でも相手がどんな人かもわからないのに、それ、言っても大丈夫《だいじょうぶ》なのかな？

そもそもこちらは相手の顔も思い出せないというのに、どうして向こうは私を認知《にんち》しているのか。

どこかで挨拶《あいさつ》でもしたんだろうか？

でも私は印象に残るような容姿ではないはずだし、ドレスも一般《いっぱん》的な令嬢が着るようなものしか着ていない。しかも似合わない色をあえて選んで大人しくしていた。

一体そんな私のどこに気をひくような要素があったというのだろう。

しかし現実的には貴族同士の婚約なんて、お互《たが》いの家の当主同士が婚約同意書にサインをしたら決定である。当家側は私の父。そして向こうは公爵家当主、つまりは本人。

本人！　正気か⁉

しかし結果的にはあっという間に同意書に両家のサインが入り、その上「たいへん喜ばしく思っている」という意味のお手紙までが届いて……。

正気か……？

どうやら本当に私は顔も定《さだ》かではない男の婚約者となってしまったようだった。

「なんで喜ばしいのか全然わかりません。少なくとも私は嬉《うれ》しくなんてありません！」

って、いやいやいやいや。

私は自室でアーデン公爵からのお手紙、いや殴《なぐ》り書《が》きを読むや思わず叫んだ。

エマがびっくりした顔でこちらを見ているが、もはやそんなことは知ったこっちゃない。

それほど私は憤慨《ふんがい》していた。

「でもお嬢様《じょうさま》、公爵夫人なんてすごいじゃないですか〜。私、絶対についていきますよ！」

「やめて！　こんな権力と地位がとてつもないお家なんて怖《こわ》すぎる！　しかもこんな手紙

を一通送ってきただけで、ご自分の婚約者になったはずの私に一度も会いにも来ないような人なのよ⁉」

「あー……きっとお忙しいんですよ～」

「ご自分の結婚よりも大事な用事が、そんなにあるもの⁉」

私に来たのは一通の手紙だけ。畏《おそ》れ多《おお》くもアーデン公爵家の家紋《かもん》入りの上質な紙に綴《つづ》られた、たった一言。

なにこの義務的な手紙。まるで渋々誰《だれ》かに書かされたような、喜んでいるフリをさせられているのではと思えるくらいには簡素かつ殴り書きのような筆跡《ひっせき》。

しかしこの一通の手紙で、ようやく私もこの話は詐欺ではなかったようだと理解した。

この貴族社会で、アーデン公爵家の紋章を偽造《ぎぞう》するような度胸のある人なんていない。自殺願望でも無い限り。

ということは、相手の真意はわからないけれど、本当にアーデン公爵と形だけは婚約が成立したということだ。当の公爵の意向で。

公爵家に魔女がお嫁入《よめい》り。って、いやいやいやいや。

「……お父様は本気で言っているのかしら。これ、まずいどころじゃないでしょうに」

一体なんで喜んでいられるの？

なのにエマまで、

「でも向こうから言って来たっていうことは、きっとお嬢様をどこかで見初《みそ》めたんですよ～。そしてお嬢様をおつらい境遇《きょうぐう》から救うべく、きっとお嬢様の不幸を聞いてすぐに結婚を申し込んだんです！　素敵《すてき》な話じゃないですか～」

とかうっとりした顔で言い出したぞ。

いやいやだからみんなそう無邪気《むじゃき》に喜べるんだ。

あ、わかった、みんな人ごとだと思っているんだね⁉

「そんなはずはないでしょう。なにしろ顔も知らない人なのよ？　それに公爵だなんて王族並みにプライドが高そうじゃない。私からは絶対にお近づきになりたくもないわ」

そもそもこんなただの庶民《しょみん》のようにある意味のびのび育ってしまった私。

今の「伯爵令嬢」を演じるのだって肩《かた》が凝《こ》ってしょうがないのに、ましてや「公爵夫人」だなんて、もはや悪夢ではないか。息抜《いきぬ》きも出来なそう。

ということで、私は早々に結論を出した。

「よし！　このお話は、残念ながらなかったことにしましょう。今回もあちらから断ってもらって結構。それが双方《そうほう》にとって一番穏便《おんびん》かつ幸せな決着よね！」

「お嬢様⁉」

「だって私は魔女なのよ？　そんなことがもし公爵にバレたら、秘密を知っているあなただってきっと一緒《いっしょ》に追放されちゃうのよ、いいの？　しかも、もしその公爵が乱暴者だったら、最悪怒りのあまり殺されちゃうかも。そんな危険なんて冒《おか》したくないのよ私！」

「お嬢様、そこは頑張《がんば》ってくださいよ～。大丈夫ですよ、お嬢様なら！　今までも大丈夫だったではないですか！」

「人ごとだと思って！　一瞬《いっしゅん》の油断でバレるかもしれないのに、それを一生頑張るなんて難易度高すぎ！　そんな賭《か》けなんてできるわけがないでしょう！」

もしかしたらあのロビンなら、最悪の場合はどうにかお金で黙《だま》らせることが出来たかもしれない。でも今回の相手は大金持ちな上に権力も圧倒的《あっとうてき》にあちらが上なのだ。つけいる隙《すき》が無いではないか。きっと問答無用で断罪される！

「あとはどうやってあちらから婚約破棄を言わせるかよね……」

「お嬢様……本当にいいんですか？　二度目ですよ？」

「もちろんいいに決まってるじゃない。もうこうなったら何度でも婚約破棄されてやる！」

一度も二度も、そう変わらない。それに自分の評判だって、それほど大事ではない。なにしろ私はもうすぐ社交界から消える予定なのだから。

なのにまた婚約なんて、しかも相手が公爵なんて、ほんと冗談《じょうだん》じゃない。

が、問題は、そんな話をするにもこの簡素な手紙しか送って来ない顔も知らない相手では、どう切り出していいのかもわからないことだった。

たとえばすぐ逆ギレしたり暴力を振るう人だったら。もしかしたら私が知らないだけで、この公爵様にはまともに結婚を申し込んでも普通の令嬢に断られるような難がある可能性もある。

とにかく手紙一つで自分の結婚を決めるような人なのだ。そしてその相手を口説くどころか、会いに来ることさえもしないような人なのだ。得体が知れなくて怖い。

しばらく考え込んだ後に、私は言った。

「とりあえずはまず偵察《ていさつ》をするべきね」

「はい？　また突然《とつぜん》なにを言い出したんです？」

「だって相手を知らなければ作戦も立てられないじゃない。だからこのアーデン公爵という人を観察して、なんでこんな婚約をしようと思ったのかを探《さぐ》るのよ。そして公爵に、こんな女と結婚なんてとんでもないと思わせせなければ！」

「えええ……公爵様相手にそっちの方が危険なんじゃないですか？」

「は？　魔女だとバレることに比べれば、何だってはるかに安全でしょう。それにちゃんと慎重《しんちょう》にやるから大丈夫。ただパーティーに行って、相手を観察して、情報を集める。そうしたらきっと何かが見えてくるに違いないわ。そして対策して一気に婚約破棄よ。うん、いいわね！　それで行きましょう！」

かくして、私は公爵が絶対に来そうなパーティーに顔を出すことを決めたのだった。

つまりは、格式の高いパーティー。

公爵様が出席するようなパーティーなんて、最高に肩が凝る世界だけど。

でもよく知らない相手に結婚を申し込むような人を、このまま放っておくわけにもいかないのである。どんなに面倒《めんどう》くさい社交の場であろうとも、一時の我慢《がまん》で私に結婚を申し込んでくるような酔狂《すいきょう》な公爵様を見られるのなら安いものだ。

と自分を鼓舞《こぶ》して、早速《さっそく》私はとある侯爵様《こうしゃく》が開いたパーティーに赴《おもむ》いたのだった。このパーティーの主は今、政治的に重要な立場の人のはずなので、だいたいの貴族は顔だけでも出しておこうと考えるはずだというのが私の読みである。

いざ行ってみると、さすがに大物の侯爵様の威信《いしん》をかけた大きなパーティーだったので、とても大規模で華《はな》やかだった。

沢山の贅沢《ぜいたく》な料理が所狭《せま》しと並び、その間を飲み物を載《の》せた盆《ぼん》を持って歩く、お仕着せを着た大勢の使用人たち。

美しく飾《かざ》られた広い会場は隅《すみ》から隅までとても豪華《ごうか》で、そこに集《つど》うのはその豪華さに負けないくらいに華やかに装《よそお》った令嬢たち、ご婦人たち、そして紳士たち。

そんな会場でいつも通り地味に装った私は早速壁《かべ》にへばりついてその様子を、特に今日は普段《ふだん》見向きもしない政治談義に花を咲《さ》かす貴族男性のグループを眺《なが》めることにした。

だけれどしばらくあちこちのグループを眺めてもたいした収穫《しゅうかく》も無く。途方《とほう》に暮れた私は、次は令嬢たちが見つめる先を捜《さが》す。

若い独身男性、特に跡取《あとと》りだったり既《すで》に爵位《しゃくい》を持っていたりする男性は、常に結婚相手を探す令嬢やその母親たちの注目の的なのだ。

たとえ婚約していても、結婚するまではわからない。

なにしろ今は「婚約破棄」が大はやりだからね！

やれやれ。

もちろん思っていた通り、私とロビンとの婚約破棄の話はすでに知《し》れ渡《わた》っていた。

だから私は会う人会う人になにかしら言われる面倒くささで、その時はすでに少々ぐったりとしていた。

「元気出してね。今度はきっとあなたにももっと素敵な人が現れるわよ」

なんて優《やさ》しく慰《なぐさ》めてくれる人もいれば、

「あら、もう次を探しに来たの？　伯爵家の次男でもダメなら、もう次は成金《なりきん》の平民でも狙うしかないんじゃなくて？　でもそんな人は、もっと下賤《げせん》なパーティーに出るものよ」

なんて勝《か》ち誇《ほこ》ったように嫌みを言う人も。

そう、ここは戦場なのだ。よりよい相手をつり上げるための、人生を賭けたまさに戦いの場なのである。

敗者を徹底的《てっていてき》に潰《つぶ》してライバルにならないようにしたいのか、それとも親からのプレッシャーに対するただのストレス発散なのか。少なくとも私のような敗者に同情しているヒマなんてきっと無いのだろう。おおこわ。

私はといえば今はそれどころじゃあなくてロビンのことなんてすっかり忘れていたわけだけれど、わざわざ嫌みを言われたりすると嫌な気分にはなるもので。早く世間も私とロビンのことなんて忘れてくれないかしら。

まあしかし、私が今日ここに来た目的は、そう、ただ一通の手紙のみで自らの婚約を決めるような酔狂な男を捜して観察をすること！

集中しろ、私。とにかく捜すのだ。これだけ重鎮《じゅうちん》たちが揃《そろ》っているからにはきっとどこかにはいるはず。いるよね？

私はひたすら周りを見回しながら、一人で会場をそぞろ歩くことにした。

ついでに何かの鳥のローストやら何かの煮込みやら、なんとかのパテとか、とりあえず美味《おい》しそうなお料理を堪能《たんのう》する。うん、美味しい～。

手に取ったお皿に料理を次から次へとひょいひょい載せつつ、のんびり歩いた。

少なくとも今は「女性は小食のはずなのにそんなにパクつくなんてはしたない」とか「そんなに食べるなんて僕に恥《はじ》をかかす気か」とか、近くで何かと煩《うるさ》く言うロビンはもういないので、心置きなくお料理を堪能するのだ。

もちろん顔も知らないどこぞの公爵の意向なんて、もっとどうでもいい。

むしろこの私の姿を見て失望して、今日中に婚約破棄のお手紙をくれたら万々歳《ばんばんざい》である。もし私の顔や姿をちゃんと認識しているのなら、だけれどね。

それにしても公爵様はどこにいるのかしらね〜。

などとキョロキョロしながら私がバルコニーの近くに来た時だった。

「おい、エレンティナ。どうしてそんなに着飾《きかざ》って出てきているんだ。僕に婚約を破棄されたばかりだろうが。恥を知れ。それとももう次の獲物《えもの》を漁《あさ》りにきたのか？　僕に振られてさぞ傷心なのかと思ったら、なんだそんな相変わらず人前でモリモリ食べて。君には繊細《せんさい》な神経というものはないのか？　はっ、君とは婚約を破棄して正解だったな！」

そんな嫌みが突然後ろから聞こえて来た。

それは、今までも散々聞いた声。ロビン。

そういえば彼も伯爵家の人間なので今日このパーティーに来ていてもおかしくはないのだけれど、だからといってお話ししたいかと言われたらもちろん全然したくない。

でも私も貴族のはしくれ、明らかに自分に話しかけられているのに無視することも礼儀《れいぎ》上出来ないので、小さくため息をつきながらも渋々振り返って挨拶することにした。

「あらロビン、ごきげんよう。今日は愛《いと》しい婚約者と一緒ではないの？」

「は？　もちろん来ているに決まっているだろう。僕たちは正式に婚約をしたんだ。だからもう彼女は我が伯爵家の一員も同然。これからはこういうパーティーにも慣れてもらわないといけないからな」

　たしかにロビンが「真実の愛」とやらで結ばれたマリリンは最近男爵《だんしゃく》家の養女になった人なので、今まではこういう高位貴族ばかりのパーティーに出ることはなかったのだろう。マリリン、確実に出世しているわね。

　でも今はもう私とは関係なくない？

「まあ、そうだったのね。ではそちらに行ってあげてくださいな。私は私で勝手にのんびりしていますから」

　だからあっちに行って。そう言ったつもりなのに。

「そうもいかないだろう。君はほんの一時期とはいえ、つい最近まで僕の婚約者だったんだぞ。普通の淑女《しゅくじょ》なら傷心のあまり今年の社交シーズンは遠慮《えんりょ》するところだというのに、もうそんなに着飾ってパーティーになんて出ていたら、僕が恥《は》ずかしい思いをするとは思わなかったのか？」

　は？　思いませんが？　なんであなたに配慮《はいりょ》しないといけないんで？

　と思わず口から飛び出そうになったけれども、さすがに「伯爵令嬢」としてはそうそう露骨《ろこつ》には言えないので、一応婉曲《えんきょく》な表現をしないといけないのは、ああ貴族って面倒くさい。

「まあ、それは思い至りませんでしたわ。でももうあなたと私は関係ないのですから、私のことはどうぞ放っておいてくださいませ」

「だからそういう生意気なところが可愛《かわい》くないんだよ！　もう少し傷ついた顔でもすれば、まだ僕も優しい気持ちになれるのに。どうせそんなでは他の男からも相手にされないぞ。もう少ししおらしくしていたらどうだ？」

「はあ？　余計なお世話でしょう。別にあなたに私の心配をしてもらう義理はもうありません」

思わず言い返してしまった私だった。婉曲？　あら何だったかしら？

「なっ……！」

今までは一応「婚約者」という立場だったので、後々面倒くさくならないようにこういう言葉は飲み込んでいたのだけれど、さすがにもういいわよね？

だってこの人、もう私とは無関係の人だもの！

しかし私が反抗《はんこう》的な態度を初めて見せたので、ロビンの方は面食らったようだ。わなわなと震《ふる》えて口がパクパクしている。

よし、この隙に逃《に》げよう。

「では失礼します」

ロビンの狼狽《うろた》えた姿に満足した私はきびすを返してその場を立ち去ろうと――

「待てよ！　ふざけるな！　一体誰に向かってっ！」

私は突然、ぐいっと腕《うで》を後ろに引っ張られてのけぞった。

（なに……？　何が起こったの……？）

私はそのままどさりと後ろ向きに倒《たお》れて尻餅《しりもち》をついた。

ひんやりした石の床《ゆか》が冷たくて、痛い。

「え……？」

私は急いで立ち上がろうとスカートの海の中でもがいたが、ドレスもそこそこの重量があるのでこういう時にすぐに立ち上がるのは難しい。

なのに、そんな私のすぐ近くで手を差《さ》し伸《の》べることもなく棒立ちしたまま、あろうことかロビンは言った。

「エレンティナ、君はもう少し落ち着いて行動するべきだね。れっきとした貴族令嬢がそんな風に転んで床に這《は》いつくばるなんて、なんてみっともないんだ。僕は残念だよ」

胸に手を当てて、さも残念そうに顔を横に振っているロビン、って。

いや、あなたがやったんでしょう⁉

無理に腕を引っ張って転ばせたのはあなたでしょう⁉

私はあまりのロビンの腐《くさ》った根性《こんじょう》に、立ち上がるのも忘れて唖然《あぜん》とした。

なに言ってんの、こいつ。

と、その時。

「あの……大丈夫ですか？　私にはあなたが彼に腕を引っ張られていたように見えたのですが。痛めてはいませんか？」

そんな声と共に、私に手を差し伸べる紳士が。

「まあ、ありがとうございます」

私はその手に助けられて、できる限り早く立ち上がった。

なんて親切な人だろう。その手は大きくて温かく、そして力強かった。

そうよ、これが紳士ってものよ。ロビンも見習ってほしい。

なんとか立ち上がってから軽くドレスの埃《ほこり》を払《はら》って、シワがついていないかとか汚《よご》れがついていないかをチェックする。どうやら傍目《はため》には大丈夫そうで良かった。

しかしその間も、おそらくは私に傷つけられたプライドを立て直すべく、ロビンはグチグチと私を非難していた。

そしてあろうことか、私を助けてくれた紳士にまで文句を言いだすしまつ。

「僕は彼女がふらついたから支えようとしただけだ。だいたい彼女は僕の婚約者だったときから落ち着きがなくて、いつも僕がフォローしなければならなかったんですよ。今回だってそうだ。なのに妙《みょう》な言いがかりはやめていただきたい」

ご丁寧《ていねい》に「僕の婚約者だった」という部分を強調して言うのはやめて欲しい。

私としてはそんな汚点《おてん》は一刻も早く忘れてしまいたいのに、どうしていちいち思い出さ

せようとしてくるんだこの男。

それにしても私に手を貸してくれた親切な人はロビンに喧嘩腰《けんかごし》にそう言われ、すっかりとばっちりである。ただ紳士として女性に優しくするという正しい行いをしただけなのに。

それでも私はその背の高い紳士が、ロビンに怯《ひる》むことなく私を守るように隣《となり》に立っていてくれるのがありがたかった。

「あの……」

私は言いたいことがたくさんあった。

もちろん彼が私を引き倒したんですよ。

もう婚約はとっくに解消したのだから彼と私は全く関係ないんですよ。

だから助けてくれて本当に嬉しかったんです。ありがとう。

しかしそのどれも言えない内に、隣に立つ男はロビンに毅然《きぜん》と言ったのだった。

「では、これからは私が彼女のフォローをしますので、君はもういいですよ。彼女は、今は私の婚約者ですので」

「はい？」

「はあ？」

思わず私とロビンから、同時に間抜《まぬ》けな声が漏《も》れた。

でもこの人、初めて見る人……とまで考えて、改めて考えてみたら私は自分の婚約者の顔を知らないのだった。と、いうことは。

まさか……？

私は思わず、隣で私を守るように立ちまっすぐにロビンの方を向いている男を見上げた。

だが。うん、黒髪《くろかみ》で……男の人。以上。

驚《おどろ》いたことに、その人を間近でじっくり見てもそれ以上の情報が全く読み取れなかった。

なにしろその髪は後ろになでつけられ……ていたはずだとは思うが今はすっかりボサボサで、さらに後頭部には大きな寝癖《ねぐせ》がぴょこんと自己主張するように立っている。

目元も長い前髪《まえがみ》がボサボサと被《かぶ》さっていてよく見えない。

髪以外では唯一《ゆいいつ》がっしりとして男らしい顎《あご》のラインが、かろうじて頼《たの》もしいといえば頼もしい……のかもしれない、その無精《ぶしょう》ひげさえ無ければ……。

なんだこの人……？

どれだけ身なりを整えるのをサボるとここまでになるのだろう？

貴族って、常に近侍《きんじ》が身だしなみのお世話をして綺麗《きれい》にするものじゃあないの？

なぜこの人の近侍は仕事をしないのだろう？

着ているものも、生地《きじ》だけ見れば上等な衣服のようなのに。

ちょっと色と模様がちぐはぐとはいえ……。

うん、色と太さが違うとはいえ、チェックのベストとストライプのスラックスは組み合わせない方がいいと思うのよね。目がちょっとチカチカするわ。

………………。

(近侍！　仕事しろ！)

しかもこの人、私がこんなにあからさまに見上げているというのに、そしてそれを察しているだろうに、今も私を完全無視してロビンの方しか見ていない。

ちょっと、この私の驚きと動揺《どうよう》は無視ですか？

普通の紳士ならばこういう場面では、たとえば私の方を見て微笑《ほほえ》んだりするものじゃあないの？　なのに私は丸無視ですか⁉

私があまりに動揺していたので、先に立ち直ったのはロビンだった。

「ええと……誰……？　人違《ひとちが》いではありませんか？　彼女は、そこのエレンティナ・トラスフォート伯爵令嬢は、つい先日まで僕と婚約していたんですよ？　それに彼女は僕と婚約しているときにも他の男性から人気があるように見えませんでした。まあ、結局は僕も真実の愛を見つけてしまったので彼女との婚約は破棄したのですがね」

ふっ。

って、だからなにをいちいち格好つけているのか。

私は我ながらよくこんな男に長い間我慢していたものだと、過去の自分を褒《ほ》めてやりたくなった。うん私、よく我慢した。偉《えら》い。

しかし私がそんな感じで唖然として口がきけないうちに、それでも目の前では話がどんどん進む。

「もちろんそれは知っていますよ。しかし新聞公告はまだ出ていないのであなたはご存じなかったようですが、実は私たちは先日正式に結婚の約束をしました。もし疑うなら彼女のお父上に確認していただいてもかまいません」

非常に事務的に告げられる言葉。

この隣の人は、冗談を言っているようには見えなかった。

そのためさすがにロビンもちょっと疑うことにしたようだ。

「はあ……？　そんな馬鹿な。しかしエレンティナ、本当なのか？　いくらなんでもつい最近まで僕と婚約しておきながら、それが反故《ほご》になったとたんにもう他の男となんて……そんな都合の良い話があるものか。それともまさか心当たりがあるとでもいうのか？」

ロビンが非常に疑わしそうに私を見た。

でも私には心当たりが、あった。たしかにあった。大いにあった。あるからこそ、この場にいるのだが。

しかし、その相手がこの隣に立つ男なのかは全くもってわからなかった。

誰にも言っていない、そしてこの男が言うようにまだ新聞公告も出ていない、つまり正式発表もまだの私自身さえも実感のないこの婚約を知る者は非常に少ない。今はまだ、当人と私の両親くらいなものだろう。

なのに婚約について言及《げんきゅう》するということは、当人という可能性はある。

だけれどこの人は、もしかしたら、単に困っている私を助けるためにとっさにでまかせを言ってくれただけの可能性もあるよね？

つまりはそんな事実なんて知らなかった赤の他人の可能性もないわけではない。

私は一瞬迷い、でも考えてみれば。それならそれで、ちゃんと調子を合わせないといけないかも？

そこまで結論してから、やっと私はこくこくと頷《うなず》いたのだった。

そんな私を見て、ロビンが驚愕《きょうがく》の表情をした。

「なっ……！　なんて君は慎《つつし》みがないんだ！　そんな軽々しく相手を替えるなんて……ああそうか。きっと君は僕に振られて自暴自棄《じぼうじき》になってしまって、そのせいでこんな怪《あや》しげな男でもいいからとにかく結婚できればいいと思ってしまったんだね、可哀想に。でもそんな選択《せんたく》をして将来君が後悔《こうかい》しないといいけれど」

そして、なぜか同情的な目で私を見始めたロビン。

「……」

私は呆れて言い返す気も起こらなかった。

何を言っているんだ？　自暴自棄？　ロビンのせいで？　どうやったらそんな思考にな

るんだ？

しかしロビンは、私のその「はあ？」という表情は読み取れなかったらしい。

同情たっぷりの態度のまま、私の隣の男にも言った。

「では君、君がどこの誰かは知らないが、エレンティナはこの前までこの由緒《ゆいしょ》あるアンサーホリック伯爵家の僕と結婚すると思っていたんだよ。この常に流行の最先端《さいせんたん》をいく立派な出《い》で立《た》ちの僕の隣に生涯《しょうがい》立つつもりだったんだ。なのに次の相手がそのセンスの君では、きっと彼女も悲しいだろう。君が仮にもこんなに地味とはいえ、れっきとした伯爵令嬢と結婚するつもりならば、せめて髪やひげを整えて、そのセンスのかけらもない服をどうにかしたまえ。君もやっと捕《つか》まえた婚約者に嫌《きら》われたくはないだろう？」

そうして自分の着ている服を自慢《じまん》げに、見せつけるように胸を張ったのだった。

「服……？」

対して戸惑《とまど》う私の傍《かたわ》らの男。どうやら彼には少々服装がおかしい自覚はなかったらしい。

「そう！　さすがに僕ほどとはいかなくても、せめて最低限のコーディネートくらいはしてくれたまえ。服に失礼だろう。流行を取り入れるのも紳士のたしなみだよ。ちなみに今一番流行っているのはボヤージュの店だ。少々他よりは高いかもしれないが、それだけの価値はある。なにしろ彼のセンスは超《ちょう》一流だからね。彼に任せたらきっと君でも素晴《すば》らしい紳士に見える服を仕立ててくれるから、せめてこういう場のために一着は仕立てたまえ。ちなみに僕は三着持っていて、今もさらに二着注文して……ああ！　しかし彼は客を選ぶんだった。よしこれも縁だ、よろしければ僕が紹介してあげようか？」

そういえばこの男は、流行の服の話や自慢話となると突然熱く語り出す男だった。

今のロビンは、輝《かがや》いていた。

「……」

対して隣の男はそんなロビンに気圧《けお》されてなにも反論は出来ないようだ。

そして私としても、たしかにその服のセンスはさすがにないだろうと思っていたので弁護のしようもないのだった。

そんな黙り込む私たち二人の様子を見て、ますます饒舌《じょうぜつ》になるロビン。

「エレンティナ、君がこんな選択をしなければならなかったなんて僕は残念だよ。しかしもう婚約してしまったのならしかたがない。これからは君がこの男を支えなきゃね。でも紳士として服も満足に着こなせないなんて、もしかしてこの男は平民なのかな？　なら平民を貴族のパーティーに連れてきてはだめだ。人にはその立場に相応《ふさわ》しい場所というものがあるんだから。自分の男に少しでも箔《はく》をつけようとする君の気持ちはわからないでもないが、だからといって大切な身分の壁は越《こ》えてはならないんだよ。ここは政治的に重要なパーティーというだけでなく、僕たち貴族の、しかも侯爵家のパーティーなのだからね」

非常に同情的に、やれやれしょうがないから教えてあげるよといった感じのロビンの言葉である。相変わらず貴族という身分が大好きなロビンらしい言い方だ。

と、その時。

「あっ！　ロビンさまあ、ここにいらしたんですねえ〜？」

甘ったるい声がして、ロビンの婚約者であるマリリンがやってきたのだった。

今日も可愛らしい豪華なドレスを着て、そのくりくりした蒼《あお》い目をキラキラさせている。

「ああ、僕のマリリン、今日もなんて可愛いんだ」

彼女を見たとたんに表情をとろけさせるロビン。

「うふふ、ロビン様、それもう今日はこれで五回目ですよう？　ところでここで何を……

あっ、エレンティナ様……」

私を見て驚くマリリン嬢《じょう》。さすがにロビンの元婚約者を前にして、少々気まずいようだ。

しかしそんなことはお構いなしなロビンは、

「何度言っても言い足りないよ、僕の可愛いマリリン。さあ、あちらに行って飲み物でも飲もう。もう僕はここには用はないから」

と、うっとりとマリリンを見つめていた。

しかし当のマリリンはというと、私の方を見た後に、その隣の人物に気がついてはっとした表情になった。

「えっ？　あ、あの……あの、もしや、あなた様はアーデン公爵様ではありませんか……？　まあ！　初めまして！　あっ私から声をかけるなんてはしたないとお思いですよね！　でも私、ぜひお友達になりたくて……！　私、マリリン・オルセンと申しますう！　今日はパーティーにいらしたということは、喪《も》が明けられたのですよね。ではぜひこれからは私とも仲良くしていただけたら嬉しいですう～」

と、なぜかロビンには見向きもしないで、くねくねしながら私の隣の男をうっとりと見上げたのだった。

ん……？　ということは……やはりこの男が……？

「は？　公爵？」

ロビンが素《す》っ頓狂《とんきょう》な声を出した。

でもマリリンはきょとんとした顔でさらに私の隣の男に語りかける。

「え？　アーデン公爵様ですよね？　先ほど首相《しゅしょう》と親しげにお話しされていらっしゃるのを見て、スランベリー公爵夫人がそう言っていたのですけれど。前公爵様が亡くなられて、ずっと喪に服していらしたって。なんてお可哀相……。私でよければお慰めして差し上げたいくらいです。でも、ご迷惑《めいわく》ですよねえ……？」

そしてマリリンはじっと上目遣《うわめづか》いで私の隣の男を見つめたのだった。

するとそれを見たロビンが、

「ああマリリン、君はなんて優しいんだ。でも彼は大丈夫だよ。僕がボヤージュの店を教えてあげたからね。きっと彼はこれから忙しくなるだろう。彼の相手はミスターボヤージュに任せればいいよ。さあ、僕たちはもう行こうか」

と言いながら、マリリンに手を差し伸べた。

でもマリリンはその手を無視してもう一歩、私の隣の男の方に踏《ふ》み出《だ》して言った。

「まあ！　それは素晴らしい提案ですわ。でもボヤージュの店にはお一人で行かれるのですか？　それより誰か、女性からの助言もあった方がもっと素敵な服が仕立てられると思いますわ。もしよろしければ私、お力になります！」

マリリン嬢はこの場を去りたい様子のロビンとは違って、さっきからずっと私の隣で黙って棒立ちしている男と、どうにか次の約束を取り付けたいようだった。全身から健気《けなげ》な様子がにじみ出ている。

こんなマリリンの様子を、私はよく知っていた。

社交界で、沢山の令嬢やその母親たちが有力な独身貴族相手に繰り広げているありふれた光景である。そしてかつては彼女がロビンに対してとっていた態度でもあった。

この彼女がここまで必死になるということは……。

私は一人素知らぬ顔をしながら、心の中で驚愕していた。

（これが……この男が、おそらく私の婚約者……！）

しかし当の男はだんまりのまま、ただ硬直《こうちょく》しているのだった。

立ちしている。
肯定《こうてい》も否定もせずに、そのボサボサの髪のせいで目元の表情もわからない男は、ただ棒立ちしている。

普通の紳士ならこういうときはにこやかに返答して会話を続けるものだと思っていた私は、隣の男の全く紳士らしからぬ態度に驚いていた。

「マリリン、人違いじゃないか？　なにも答えないし、なにしろその、風貌《ふうぼう》が……とても側仕《そばづか》えのいる高位貴族とは思えない。いくら君が優しいからといって、君が手を差し伸べるような相手ではないよ」

「まあロビン様。公爵様は……そう、きっとお忙しかったのです。でも、そうですわね。公爵様、たとえばそのお洋服を違うものに替えたら、きっともっと素敵になりますわ。もしよろしければ私が少々アドバイスをしても？」

ロビンの方をチラとも見ずに、ひたとひげ面《づら》でボサボサ髪の男を見つめるマリリン嬢。

私はただ唖然と二人、いやロビンを含《ふく》めた三人を交互《こうご》に見つめるしかなかった。

私の隣に棒立ちする男は、うっとりとした表情のまま返事を待つマリリンに対し、かなりの間があった後に、かろうじて小声で言った。

「……いえ」

普通の社交慣れした紳士であれば、その後に「でもお気遣《きづか》いありがとうございます」くらいは言って微笑んだりしてほしいところ……とまたもや私は思ったが、どうも隣に棒立ちしている男からは、全くそんなことを言いそうな気配はしない。全くしない。

彼はただ、簡潔に事実を伝えたに過ぎないのだろう。答えなければならないから答えた。それだけなのだ、そう私はぼんやりと思った。

しかし私は知っていた。そんなことは、このマリリンには全く問題にはならないことを。

「まあ！　でもそのチェックのベストとストライプのスラックスは少々あの……私、もっと素敵に見える組み合わせがあると思うのですわ。たとえばそのチェックのベストには、濃紺《のうこん》のスラックスはいかがでしょう。うふふ、私、昔から母にはファッションセンスが良いって褒められますのよ？」

にじにじと近寄りつつにっこりと屈託《くったく》の無い笑顔《えがお》を見せるマリリン嬢。

しかしずっと無視されているロビンは、もうこれ以上ここにはいたくないようだった。

「マリリン！　そこの彼はエレンティナと婚約したんだそうだよ。だから君がお世話をする必要はないんだ。地味な人間同士、お似合いじゃないか。ねえ？　可愛くて華やかな君には僕みたいな立派な男でないと釣り合《あ》わないよ。だから、さあもう行こう」

「え？　婚約……？」

その瞬間《しゅんかん》、マリリンの目が心底困惑《こんわく》したように揺《ゆ》れた。

「そうらしいよ。新聞公告も出るらしい。本当かどうかは僕にはわからないけどね。それよりもあっちに行こう。僕は少々ワインが飲みたいな」

マリリンが信じられないという顔で私とその隣の男を見比べていた。

するとそんなマリリンに、ずっと棒立ちしていた男がこくり、と頷いたのだった。

とたんに信じられないという顔をするマリリン。

「まあ、それは……驚きましたわ」

「マリリン！　もう行くよ！」

「ええ？　ロビン様……ちょっと待っ……あら？　あららら？」

そうして困惑したままのマリリン嬢は、しびれを切らしたロビンに引きずられるように飲み物が並ぶテーブルの方に連れ去られていったのだった。

遠目から見たら、きらきらしく着飾った男がピンクのフリルの山を引きずっているように見えただろう。

まあ……たしかにお似合いよね、あの二人。

思わずそんなことをぼんやりと思った私。

しかしその結果取り残されたのは、このずっとほぼ棒立ちしていたボサボサ髪の男と私。

この男、全然私の方を見ない。今もちらちらとこっちを見ているマリリンたちのいる方をぼうっと眺めているだけで、絶対に私の方を見ない。まるで心に決めたかのように全くこちらに視線を寄越《よこ》そうとはしなかった。

「えーっと……」

しょうがないので、私が先に口火を切った。

だってこんな状況《じょうきょう》では、たとえ正式に紹介されていなくてももう会話しないわけにはいかないだろう。じゃあこれで、なんて言ってあっさり立ち去れるような空気ではなくなっているのだから。

「……」

しかしそれでも男は動かなかった。

なぜだかはわからないが、なんとなく緊張《きんちょう》している雰囲気《ふんいき》だけはうっすらと感じる。

いやでも、せめてこっちを向いてくれないと話しにくいのですが……。

「あの……先ほどはありがとうございました。手を貸していただいて……。あの時は一人で立ち上がるのが大変だったものですから……」

そう、まずはお礼。なにしろこの人があの時タイミングよく助けてくれたお陰で、私はなんとか体裁《ていさい》を保つことができたようなものなのだ。

あとはどうも口数が少なそうな人だと察したので、それがいいだろうという計算もある。

なぜなら、その返しは簡単だからだ。

貴族社会に生きる紳士であれば、「いえ、当然のことをしたまでです」もしくは、「お怪《け》我《が》はありませんでしたか？」ここら辺が妥当《だとう》な返しだろう。

そう、それは常套句《じょうとうく》。こう言われたら、こう返す、そんな会話のお約束。

だからそのまま返答を待つ私。だが。

隣の男はたっぷりと時間をかけた後、ぎぎぎ……と音が聞こえてきそうなくらいぎこちない動きで顔だけを私の方に向けて、かろうじて聞こえる小声で言った。

「……いえ……当然のことを、したまで、です」

なんとか絞《しぼ》り出したという風情《ふぜい》で、噛《か》み噛みで常套句だけを返してまた黙り込む。

(うーん……照れ屋さん……?)

私は考えられる限り最大限好意的に解釈《かいしゃく》をしてみた。

しかし髪のせいで目がよく見えないので、実のところはわからない。

ウィットに富んだ話題で会話をリードするのは男性側……なんていう貴族社会の暗黙《あんもく》のルールはどこへやら、どうやらこの人相手では全く通用しないということを早くも私は学びつつあった。

なんなのこの人、今まで会ったことのないタイプだわ。

ただ助かるのは嫌悪《けんお》感だとか不機嫌《ふきげん》だとか怒りだとか、そういう悪い感情は感じられないことだ。

感じるのは……うーん、緊張感……?

仕方が無いので間を持たせるためにさらに喋《しゃべ》る私。

「あー、でも本当に助かりましたわ。あのままあのロビンに好き勝手言われていたら私、頭にきて喧嘩《けんか》していたかもしれませんから」

面倒くさいのでもう正直に言う。そもそもこの男に気に入られる必要は全くないのだ。もし素を出して驚かれても呆れられても、それは婚約破棄が近くなるだけで万々歳《ばんばんざい》なだけだ。

するとそれを聞いた相手は、くすっと笑ったように見えた。薄《うす》い唇《くちびる》の端《はし》がちょっとだけ、ピクリと上がったようだ。

私は、まだほぼなにも会話をしていないけれど、この人は悪い人ではなさそうだなとなんとなく思った。

少なくともかつてのロビンのように、こうしてペラペラと男性に話しかけるのを「はしたない」とか「レディなのに」なんて言う気はないようだ。

そして。

「……お怪我が、なくて……よかったです」

緊張気味に、小さな声でぼそぼそと言葉が返ってきた。ある意味また常套句だけれど。

私はそれでもその言葉で、この目の前の男がもう会話を切り上げて去ろうとしているようではないと判断する。ならば真っ先にすることは。

「あの……いまさらこんなことをお聞きするのはおかしいかもしれないのですが、先ほどマリリンが言っていたことは本当ですか？　その、あなたがアーデン公爵だと……」

たしかにこの人は、ロビンに最初に「私の婚約者」と私のことを言っていた。今そう言えるのはアーデン公爵ただ一人。ということは疑うのは失礼なのかもしれないが、でも万が一にも間違えていたら大問題だから。

確認、大事。ならば聞かねばならないだろう。そして、

「はい」

答えはあっさりと得られたのだった。

「あ、そうですか……」

ちょっと拍子抜《ひょうしぬ》けした。

そうか、この人が、アーデン公爵……。今まで散々穴の開くほど眺めたあの「喜ばしい」という殴り書きを送って来た、本人か……。

しかし、じゃあ、どうしよう?

今日の私は、ちょっと離《はな》れたところからまずは当の公爵がどういう人かを観察するだけのつもりだったから。

どんな顔かとか太っているのかとか、禿《は》げているのかとか、どんな人といるのかとか。

肖像画《しょうぞう》も無し、一度も会わず、いきなり手紙一つで結婚の申し込みとか、そんなことをする人なんて正直に言えば普通の人ではないだろう、絶対にどこか難があるのだろうと思っていたから、とりあえずその難を見極《みきわ》めようと思っていたのだ。

だからいきなりこんな会話どころか至近距離《きょり》で向き合うつもりはなかったし、さらにはこんな目の前にいても全く顔も表情もわからない人だとは、さすがの私も想定外だった。

(困っているのか関心がないのか、それとも照れているのかも、なにもわからないわ……)

私は途方に暮れた。

貴族の紳士というものは、そつのない、ユーモアを交えた軽妙《けいみょう》な会話をするものではなかったのか。

女性を前にしてひたすらだんまりとはこれいかに。

社交界にデビューしてからこんなに口数の少ない人は初めてで、私はどうしていいかわからないのだった。

なるほど、こんなに大人しそうな人だったら、たとえどこかで同じパーティーに来ていたとしても人に埋《う》もれて私が認識していなかったのかもしれないな、と、公爵と向かい合ったまま私は思った。

なにしろこの男、いやアーデン公爵という人は、今も若干《じゃっかん》の緊張感を漂《ただよ》わせながらひたすら私の前で立《た》ち尽《つ》くしているだけなのだから。

もう私には、このまま放っておいたらこの状態が永遠に続きそうな気がしてきた。

私が何も言わなかったら、この人はこのまま永遠に黙っているつもりなのではないか。

じゃあ会話をする気がないのなら、もう帰る？

ここで私が「では、ごきげんよう」とかなんとか言いながら立ち去っても、おそらくは追いかけてこないだろうし。

一瞬そんなことを考えたけれど、私は「そういえば」と思い出す。

そう、今日の目的である「相手を確認する」ということのそもそもの目的は、「婚約を破棄してもらう」という最終目的への準備ではなかったか。

うん、だとしたら、ダメだ。今気まずいからといってここで逃げたら、いろいろ後悔することになる。

なんでこんなことをしたのか聞いておけばよかったとか、せっかくだからその場で婚約を破棄して欲しいと頼めばよかったとか、そんなあれこれを自室に帰ってから身もだえして後悔する自分の姿が一瞬見えた気がした。

ならば、うん、仕方が無い。

「えーと、あの、ではあちらで少しお話でも……？」

ええ、令嬢が人を誘《さそ》うなんてはしたないと言う人もいるかもしれないが、でも私はもうこのときには確信してしまったのだ。

この人、このまま待っていても永遠になにも言い出さない……！

え、公爵様よね？　ということは貴族の中の貴族、王族に最も近い「完璧《かんぺき》な紳士」なんじゃあないの？　こう、そつなく会話をしてスマートにリードするものじゃあ……？

という当初の戸惑いはもうとりあえず脇《わき》に置いておくことにした。それに、

「……はい」

当の公爵様も同意したことだし。

私はとりあえず、落ち着いて会話が出来そうに思えた近くのバルコニーに公爵を誘った。

幸い他に人はいない。内緒話《ないしょばなし》をするのにはうってつけだ。

バルコニーに出てから私はくるりと公爵の方に向き直って言った。

「では改めまして、先ほどは助けていただいてありがとうございました。エレンティナ・トラスフォートと申します。それで、ええと……初めまして、だと思うのですが……？」

冷静に考えると婚約している相手に向かって初めましてもおかしいとは思うのだが、なにしろ私には会った記憶がないのだからしかたがない。ここで嘘《うそ》をついても意味はないだろう。

それに最終的にこの婚約は白紙になるのだとしたら、取り繕《とつくろ》う理由もないのだし。

きっとどこかで何か誤解があったに違いない。

それに目の前の男は確かに答えた。

「……はい」

しかし気弱そうな声でそう答えた後は会話がそこで途切《とぎ》れ、それ以上何も語らないつも

りのようだ。

しょうがないので、私はさらに切り込むことにした。

「あの、私の勘違《かんちが》いでなければ、父に私との結婚を申し込んだということですが」

「……はい」

「ええと……どなたかとお間違えということは……」

「いいえ？」

「……では何か、深いご事情でもあったのですか？　とにかく誰かとすぐに婚約しないといけないような何かが」

「……は？　……いいえ」

「じゃあ、なぜです？　なぜ私なのでしょう？」

「………」

うーん、そこでだんまりかー。

私は会話の限界を感じたのだった。

この人、今のところ「はい」か「いいえ」しか言ってないよ。

聞けば返事はするけれど、だからといって何か情報を得られた気もしない。

うーん、めんどくさい。じゃあもう、本題に入っていいか。いいよね？

「あの、もしこれが間違いや不本意な状態でしたら、すぐにでも取り消してくださっていいのですが」

「いいえ」

いいえ⁉

え？　なぜそこで「いいえ」？　なぜそこだけ即答《そくとう》⁉

「え？　つまりは……この婚約を継続《けいぞく》されると……？」

まさかそんな意思があるとは思えなかったので、恐る恐る聞いてみる。

正気か？　そんな気持ちと共に。

しかし返ってきた答えは。

「はい」

もしやこの目の前の男は、実は「はい」か「いいえ」しか言えない機械仕掛《じか》けの人形なのではなかろうかとさえ思えてきたが、それでも会話が続いているのはもはや奇跡《きせき》では？

私頑張ってる！

思わずそんなことを遠い目をしながら考えていたら、ようやく目の前の男からも別の言葉が出てきたのだった。

「お嫌でしょうか……？」

嫌だからこうして言っているんでしょう⁉

と、言いたかったのだけれど。

彼がそう言ったとき、天下の大貴族である公爵様ともあろう人がこんな格下の小娘相手になんだかびくびくしているような気がして、不覚にも私はちょと同情してしまったのだった。

きっと嫌だとは言われたくないのだろう。でも言われるかも、そんな気持ちがそのびくびくの中に感じられて、そんな気弱な人を追い込むようなことをする気にはなれなかったというかなんというか。なので、

「ああー……。いやえーと、あなたが嫌というのではなくてですね。私はただ、結婚はしなくてもいいかなーと、思っていて、ですね……はい」

日和《ひよ》った私は、思わず言葉を濁《にご》したのだった。

そう、あなたが嫌なわけではないのよーだから傷つかないでー。私にも良心はあるのだ。

それが良かったのかどうなのか、その私の言葉を聞いて公爵様は、とても不思議そうに言った。

「それは、何か理由があるのでしょうか？」

なんと、先ほどに続いてついにイエスかノー以外の返答が出来るようになったらしい。

首をかしげてそう聞き返した公爵の、顔に厚くかぶさっている前髪がちょっと揺れて、その奥に薄いグレイの瞳《ひとみ》がちらっと見えた。

ほんの一瞬の出来事。

でもその瞳は不機嫌な感じではなく、純粋《じゅんすい》に疑問に思っているのだろうとても澄《す》んだ瞳で、そして意外にも私のことをまっすぐに見つめていたのだった。

気弱すぎて誰かを見つめたりなんて出来ない人なのかと思っていたから、私はちょっとびっくりした。

（きっとこの人は、単に真面目で不器用な人なのだろう）

そう思った私は、ではこの人をただ突《つ》き放《はな》すのではなくて、ちゃんと私の事情も伝えようと思ったのだった。

さすがに魔女の件は極秘事項《ごくひじこう》だが、それ以外はちゃんと説明しよう。

正直に言っても聞いてもらえそうな、そんな気がしたから。


一時間後。

「だから女性もやりがいのある仕事を見つけてもいいと思うんですよね！　子育てとか、家を整えるとか夫をたてるとかそういう一般的なものじゃなくて、なんていうか自分が好きで頑張りたいというものが、家の外にもあっていいと思いませんか⁉」

この一時間、私はひたすら喋り続けていた。

もちろん最初は単に「私は仕事をしたいから結婚はしたくない。この婚約は破棄して欲しい」ということを簡潔に、かつわかりやすく伝えたつもりだったのだが。

「それが私にはお仕事なんです。私はやりたいことがあるんですよ。ただそれは貴族と結婚してお屋敷《やしき》の中から出ない生活では出来ないことで。だったらずうっとそんな思いを抱《かか》えながら一生誰かの奥様として家の中で暮らすのは、私にはストレスにしかならないと思いません？　それにあなたもお嫌でしょう？　ご自分のお家に帰ってきたら、いつも不機嫌な妻が待っているなんて」

「ふむ」

公爵の不思議と話しやすい雰囲気に、いつのまにか熱弁をふるっていた私だった。

今まで私の話をここまで熱心に、真面目に聞いてくれた人がいただろうか。

父母は聞いてはくれても、最後は必ず「正しい貴族令嬢としての幸せな人生とは」というお説教になるので最近はほとんど話さなくなっていた。

たいていのことは私の味方になるエマも、この件に関してだけはあえて貧乏《びんぼう》な暮らしをすることはないと言うし、貴族令嬢である友人たちは、みんな貴族の誰かと結婚して誰かの奥様として暮らす人生になんの疑問も抱《いだ》いていないようだった。

そしてロビンなどは、一度匂《にお》わせただけで怒《おこ》り出《だ》してその後長々と説教になったので、私は二度と素振《そぶ》りさえも出さないようにしていた。

だから私は、こうしてただ静かに否定をしないで聞いてくれる相手が存在したことに、つい嬉しくなってしまったのだ。

「私、いつかは不機嫌になると思うんですよね。だってずっとやりたいことを我慢しているのって辛《つら》いじゃないですか。そんな生活、どんなに食事やドレスやお家が立派でもむなしいだけでしょう？　だったら少々貧しくても、やりたいことをやりたいんです。私は」

さすがに一生隠《かく》し事《ごと》をするのは嫌だとは言えなかったが。

でもお仕事に生きたいというのも、私の正直な気持ちだったから。

「ふむ」

「……だから私との婚約は破棄していただいて、公爵様はもっと大人しくて子ども好きな、公爵夫人として相応しい方と結婚した方がいいと思うんですよ」

そして何度目かの本題を持ち出す。

「ふむ……」

だがしかし、私はいまだ彼から明確な承諾《しょうだく》を引き出せていないのだった。なぜだ。

こんなに訴《うった》えているというのに、この目の前の男は全く私の願いには応えようとしない。

この一時間、私が私の人生の目的とそのための婚約破棄を訴え続ける間、この目の前の男は、ただひたすら困っているだけだった。

困っている。

そう、困っているのだ。この男は、単に困っている。

一時間一緒にいて、ひたすら一方的に話を聞いてもらっている内に、少しだけこの男の心情を察することが出来るようになった私だった。

どうやら婚約破棄は、この男にとっては困ることらしい。

そして同時に恐ろしいことに、一時間も二人きりでいたというのに、私にわかったことはそれだけだった。

この男に情報交換《こうかん》という概念《がいねん》はないのか？

私がこれほど赤裸々《せきらら》に、一生懸命《いっしょうけんめい》に訴えているというのに何も返す気はないのか⁉

なにこの人……得体が知れない……。

この「目の前の男に婚約破棄をする気はどうやら無いらしい」という感触《かんしょく》だけが、今日の私の唯一の収穫……って、それ収穫少なすぎでは。こんなに話をしているのに。

普通はこれだけの時間会話をすれば、もう少し情報が得られるものでは？

思わず話しやすくて私ばかりあれこれ喋り続けてしまったが、考えてみれば問題は一つも解決していなかった。ただ一方的に私だけが情報を提供して、公爵からは一向に情報も意向も漏れてこない。

なにこれ情報格差が酷《ひど》すぎる。

そのことにふと気がついた私は驚くとともに、思った。

だめだこれ。どんなに「お願い」しても堂々巡《どうどうめぐ》りになるだけだ。気弱そうに見えて、どれだけ頑固《がんこ》なんだこの人は！

ということは、もう直訴《じきそ》だ直訴。それしかない！

「えーと。ということで、まだ新聞公告も載っていないわけですし、この場でこのお話を無かったことにしていただければ、お互いに傷が浅いのではないかと思うのですよ。だから今ここで婚約を破棄すると、そう一言言っていただければ！　父には私から上手《うま》く言っておきますので！」

そろそろ父がもう帰ろうといつ言い出すかわからなくなってきたので、とにかく私は問題の解決を急いだ。これだけ長々と話したのだ。婚約を破棄してほしいのは、決して相手が不満だからではないのだときっと理解してくれたはず。

ただ、私には実現したい生き方がある。だから結婚は誰ともしたくない。

もうそこさえわかってもらえれば、いいことにしよう。わかったよね？　ね？

だから今「婚約は破棄する」と、言って！　さあ！

「それは……私と結婚したら実現できないことでしょうか？」

違う！　そうじゃない！

私が欲《ほ》しいのはそれじゃあない。

少しだけ首をかしげた弾《はず》みで彼の前髪が揺れ、その奥にはまた私をまっすぐに見つめる瞳が一瞬見えた気がした。

でも私は、今はその視線にほだされるわけにはいかないのだ。

「もちろんそうでしょう。なにしろ公爵夫人ともなれば、いつもパーティーなどの社交で忙しいでしょう？　それに跡継《あとつ》ぎを産んで、立派に育てるのもお仕事のようなものではありませんか。乳母《うば》に任せるとしても全てお任せすることは出来ませんし」

「でも私も仕事以外で社交はほとんどしませんし。なのであなたも好きにしていいですよ」

「正気ですか公爵様。でもあなたがそうおっしゃっても、周りが許さないでしょう」

「幸い私も今は公爵なので、何をしてもあまり煩くは言われません。だから私も嫌なことは極力やりません。もちろんあなたにも、そんなことをさせようとは思っていません」

「……でも私は働くと言っているのですよ。さすがにそれは貴族として後ろ指をさされる行為《こうい》では。奥様がそんなことをしていたら、あなたも非難されるんですよ？」

「後ろ指なら別にさせておけばよいのでは？　私は気にしませんから、あなたも気にしなくていいですよ」

たしかに公爵様ともなれば、正面きって苦言を呈《てい》するのは王族くらいなものなのかもしれないが。

いいのか、それ。いやダメだろう。

それに公爵が気にしなくても、やはり周りが気にするだろうに。

なにしろ貴族が仕事をするというだけでもスキャンダルなのに、その仕事だって魔女として働くという、この上なく後ろめたいものなのだ。そもそも夫の公爵にも言えない仕事なんて、出来るわけがない。

さすがにそれは言えなかったが。

だから他になんとか断るための穏便な理由を私は探した。

「えーと、でもお仕事にも影響《えいきょう》が出るのでは」

「そんな人間は相手にしなければいいのです。問題ありません」

「もっと政治的に有利になるご令嬢と結婚したほうが」

「我が家にその必要はありません」

「公爵家には王族とか公爵家とか、せめて侯爵家あたりのご令嬢のほうが相応しいのでは？」

「相応しいかどうかは私が判断することです。伯爵家でもなんら問題はありません」

うーん、全く動じないよ。

しかし貴族なんて、みんな父やロビンのようにプライドが高くて体裁だとか格式だとか上下関係だとか、とにかくしきたりに煩い人ばかりかと思っていたのに。

最高位の公爵様となると、随分《ずいぶん》いろいろ自由なんだな……。

いやしかしだからといって。

はいそうですかとは言えない事情が私にはある。

『魔女』

それはこの国の一番のタブー。さすがに私もそれだけはバレずにひっそりと社交界を去りたかった。

「あー、でも私が申し訳ないので——」

「私が良いと言っているのに？」

……なんだろう、この押しの強さ。というか、頑固？　石頭？　そのボサボサの頭の中身は全部石なのか？

「……では公爵様は、この婚約を解消する気はないと？」

「はい。あなたさえ良ければ」

いやなんで今ここでその貴族的常套句。

だからさっきからやんわりと嫌だと言っているではないか。こういうときだけそういう貴族的な空気を読まないごり押しはいかがなものか。切《き》り替《か》えがずるい。

「……しかしどうして私なんですか。一体何のメリットが？　ま　さ　か　初対面の私を好きだからとかおっしゃいませんよね？」

私は思わず聞いた。

なにしろこんなに渋《しぶ》っている相手を説得するよりも、もっと公爵夫人という地位に対して条件も顔も教養も、そして何よりやる気が素晴らしい相手が、今日のパーティーだけでも山ほどいるに違いないのに。

なぜこうも粘《ねば》る？　一体私の何が目的なんだろう？

目的があるなら言ってほしい。言ってくれなければ解決も出来ないのだから。

そう思って聞いたのだが。

「っ……！」

なんと、目の前の男が、固まった。

この一時間で多少は慣れたのか、一応は相づちだの返事だのを自然に返してくれるようになってきていた相手が、突然カチコチに固まって絶句していた。

珍《めずら》しい。この反応は初めてだ。

――これは、もしや私には言いづらい事情があるのかもしれない。

その事情にはさっぱり想像がつかないが、しかしどうやらこの人はこの婚約に乗り気で、そして破棄するつもりがないようだ。

それだけは、ようくわかった。

これは……手強《てごわ》い……。

そして結局、その後もさっぱり何の進展もないまま、とうとう公爵様は彼を捜しに来た紳士に見つかり連れ去られて行ってしまった。

そういえば連れ去られる彼がふと私を振り返ったとき、なんとなく彼が名残惜《なごりお》しそうにしていような気がして少しだけ不思議だった。

彼はもっと話をしたかったのだろうか？　婚約破棄の話を？

「とにかく手強いことだけはわかったわ」

私は翌日、エマに昨晩会った公爵の話をしていた。

「しかもそんな風貌の方だとは驚きですねえ」

「そうなのよ。不潔という感じではないのだけれど、とにかく身だしなみを気にしない方みたい」

あの寝癖のついたボサボサ頭と無精ひげを思い出して私は言った。

「でも、そこはご結婚されてから奥様がうるさく言えばなんとかなりそうですね。それよりもなによりも、とにかく大事なのは人柄《ひとがら》だと思いますから」

「ああ、まああたしかに人柄は良さそうな感じではあったかな。ちょっと内気で言葉が少ない以外は、まあまあ話しやすくていい人だとは思う」

「一時間もお話が弾むだなんて、ロビン様がお相手のときは一度もなかったですもんねえ。きっと相性《あいしょう》がいいんですね！」

「うーん……弾んだというよりは、一方的に私が話していた気が……。でもたしかにロビンみたいに私のことを喋りすぎるとか慎みがないとか言わないし、ひたすら話を聞いてくれる人ではあったかしら」

「包容力のある男性って素敵ですよねえ」

「それに結婚したら何でも好きにしていいんですって。引きこもろうがお仕事しようがご自由に、って」

「まあ、なんて寛容《かんよう》な！」

なんだかエマがぐいぐいと私にアーデン公爵を推《お》してきているような気がするのはなぜだろう？

「エマ……もしかして私にあの公爵と結婚して欲しいの？」

「だって公爵様ですよ？　それはそれは偉いんですよ？　しかも大金持ち！　その上そんなに優しいんだったら、これはもう多少のリスクを負ってでも捕まえるべきでは⁉」

「いやだからそのリスクが大きすぎるって、言っているよね⁉」

もう、人ごとだと思って！

アーデン公爵家といえば、歴史的にも王族とたびたび婚姻《こんいん》するような家なのよ。ほぼ王家と変わりないくらいに尊い血筋の家なのだ。

なのにそんな家に、もしも黄金の瞳を持つ娘が生まれたら。

どう考えても私の国外追放だけで済むとは思えない。

私を魔女と知った上で嫁がせたお父様もお母様も、きっとただではすまないだろう。最悪このトラスフォート伯爵家が家ごと瞬時《しゅんじ》に消えてしまう。

なのに公爵夫人には跡継ぎを産むという義務があるから、子どもを持たないという選択《せんたく》肢《し》もないのだ。

危険すぎる。あまりにも危険すぎる。

「でもお話を聞く限りではとっても優しそうな方ではありませんか。そんな方が、ご自分の妻と娘を簡単に追放するでしょうか。事実私の父は何も知りませんでしたが、生まれた妹が魔女だとわかったときは、追放なんて絶対にさせないと決意したそうですよ」

「ああ、ロティの時ね。彼女はもうあの学院からは帰れたのかしら？」

「はい、おかげさまで今は両親と一緒に暮らしています。あの時旦那《だんな》様とお嬢様に助けていただいて、本当に私たちは感謝しているんですよ。だから私はそのご恩を、誠心誠意お嬢様にお仕えすることでお返しすると誓《ちか》ったんです。もちろんお嬢様が公爵家に嫁がれても、私、ついて行って何でも協力しますよ！」

「その気持ちは嬉しいのだけれど、それでもし公爵家でも私と一緒にいて私が魔女だとバレた時には、あなたの身も危なくなるかもしれないのよ。でも私は誰も不幸になって欲しくないの。だから私はひっそりと、一人でお仕事して生きていくって決めたのよ」

「でも、せっかく良い人そうなのに……」

たしかに、人柄は悪くは無かったと思う。総じてあの見た目にさえ目をつむれば、普通は政略結婚相手として悪くはない。

なのにめざといマリリン以外には、その後も彼に秋波を送る令嬢はいないように見えた。ん？　いや、もしかしてマリリンがめざといのではなく、単にあの公爵が大人しすぎて、そして見栄《みば》えが悪すぎて令嬢やその母親たちの視界に入っていないのかもしれない？

考えてみれば、社交界の女性たちは見栄《みえ》っぱりも多い。

だから付き合う相手もあまりに見栄えの悪い人は避けられるのかもしれない？　いくら若い公爵といえども、さすがにあれだけ怪しい風貌となると。

爵位目当てであんなのに言い寄ったのねとヒソヒソ噂《うわさ》になる未来が私にもちょっと見えた気がした。

特に今は「真実の愛」がもてはやされているから、明らかに地位目当てで言い寄るのは外聞が悪いと思われているのかも。

なるほど、じゃあ公爵の方は、公爵位を継いだからそろそろ結婚を、と周りにせかされでもして、そんな時にちょうど婚約を破棄された私の名前を聞いたので、ならば今申し込んだら名誉挽回《めいよばんかい》とばかりにすぐに承諾されるだろう、簡単に結婚できるとでも思ったのかもしれない。

うん、きっとそうだ。それにもしかしたら彼には、他にもまともなお家では後から文句が出るような何かがあるのかも。単に風貌の問題かもしれないが。だからあえて断られにくい相手を狙ったのだとしたら、まさしく私はうってつけだった。

事実、私の父は最速で飛びついたのだし。おそらく父は相手の家名以外はなにも確認しないまま婚約の契約書《けいやく》にサインをしたと思われる。それくらい良い食いつきだった。あれでは後から話が違うとも言いにくいに違いない。

まあ相手が公爵家では、たとえ父に思うところがあってもどのみち家格で断れなかっただろうけど。

そして私は、たった一回会っただけで確信していた。

彼に、自分から貴族令嬢に声をかけて誘惑《ゆうわく》して甘い言葉を囁《ささや》いて、そしてプロポーズという一連の流れがこなせるとは思えない。

その上あの風貌では、令嬢の方から寄ってくることもないだろう。なにしろ怪しさ満点なのだから。

お洒落《しゃれ》で清潔でスマートな紳士という貴族男性のあるべき姿とは対極の、あの姿ではさすがに……。

ロビンが平民だと思ったのもわかるあの服装のセンスのなさ、そして手入れのされていない外見。上品でお洒落で魅力《みりょく》的な貴族の身だしなみとしては全くもって零点《れいてん》、いや大きなマイナスだった。

あれではダメだ。たしかにあの彼では自力で結婚出来る気がしない。

会話どころか外見と基本的なコミュニケーションに難がありすぎる。あれではさすがに理由はどうあれ、一度は手に入れた婚約者を離したくない気持ちもわからないでもない。

うーん、じゃあどうすれば……。

「あ！　わかった！　じゃあ彼の外見をもう少しまともなものに整えた上で、広く『アーデン公爵は花嫁募集中《ぼしゅうちゅう》』って売り出してあげれば、きっと数え切れない程《ほど》の令嬢が花嫁、もとい公爵夫人に立候補しに押し寄せるんじゃないかしら⁉」

「はあっ⁉　どうしてそうなるんです⁉」

「だって、私は結婚出来ない。でも彼には公爵夫人が必要。なら、私が彼に別の素敵な花嫁を選べるようにしてあげればいいのよ！」

「でも、もう公爵様はお嬢様にお決めになったのではないんですか⁉」

「だから、私は結婚出来ないの！　だけど、もしも彼がモテモテになったら、あの公爵のことだからきっと誰かの罠《わな》にはまると思う。うっかりキスして見つかっちゃったとか、意味深な贈《おく》り物《もの》を贈っちゃったなんていう行動は出来なくても、きっと賢《かしこ》い令嬢やその母親の巧《たく》みな誘導《ゆうどう》にひっかかって、結婚話に『うん』と言ってしまうに違いない！」

「それ、いいことなんですかねお嬢様……」

でも、もともと跡継ぎのために愛の無い結婚をするというのは貴族社会ではよくある話なのだ。むしろ今まではそれが普通だった。

だけれど今は「真実の愛」が大はやり。

「それに彼だって大勢の令嬢と知り合いになったら、もしかしたら彼の『真実の愛』に出会うかもしれないじゃない。いやぜひ出会ってもらいましょう！」

彼にだって好みはきっとある。

そしてその好み通りの令嬢だって、きっとこの社交界のどこかにいるはずだ。

こういうとき、彼の「公爵」という高い身分はそれだけで強力な武器になる。「公爵夫人」に憧《あこが》れない貴族令嬢はほぼいない。本来彼は、よりどりみどりの立場なのだ。

そこまで考えて、やっと私には光明が差した気がしたのだった。

そう、今は婚約破棄が大はやり。

ならばあの公爵にもぜひ、このはやりに乗ってもらおうではないか。

私の全面プロデュースで！

まあ、あのまま私の意を汲《く》んで、もしかしたら婚約を破棄する手紙が送られて来るかもしれないとも少しは期待したけれど、やはりそのようなことはなく。

次の日に届いた手紙には、また殴り書きのような汚《きたな》い文字で「明日、よろしければ公園に散歩に行きませんか」と書いてあった。かろうじて読めた。

それを見たエマが満面の笑《え》みで、

「やっぱり公爵様はお嬢様がいいんですよ！」

とかなんとか言っていたが、でもそれは貴族として、知り合った令嬢を初めてデートに誘う初歩も初歩の定番である。積極的な行動というよりは非常にマニュアル通りの行動だ。もしやどこかの指南書でも読んで、紳士ならば婚約者にはこうすべしなんて書いてあるのをそのまま実行しているのでは？　とさえ思える行動。

ただ、それをあの公爵が実行してきたことには私もちょっとだけ驚いたけれど。

なにしろあの姿と状況を見た後なので、そんな前向きな行動が起こせたのねと思ったのだ。なんだ、やれば出来るじゃないか。ちょっとぶっきらぼうとはいえ、こんな風にちゃんと誘えるなら今までもやればよかったのに。

と、そこまで思って、ああそうか、そうやって誘えるような知り合いの令嬢さえも今まではいなかったのだろうと察した私だった。

あのパーティーで呼びに来たどこぞの紳士との話が終わった後も、私が見ていた限り彼が他の女性と交流する様子はなかった。

というより、最後までずっと紳士たちとばかり話をしていて、まったく浮《うわ》ついた行動がないのだ。

あの様子では女性と戯《たわむ》れるとか、恋《こい》の駆け引きをしようなんていう気は全くなさそうだ。

なるほど、だからあの容姿で平気だったと。

じゃあ、ある程度女性受けする容姿になったら、少しは女性とも接点が出来ることだろう。そうしたら彼にも新たな世界が開かれるというもの。

私はあの公爵を少しでも魅力的な男性に仕立て上げ、彼に真実の愛に目覚めてもらおうと決めた。

そして私はめでたく婚約をまたもや破棄されて、ひっそりと社交界を去って行く。

まあ、なんて素敵なハッピーエンド。

そうと決まれば作戦開始である。

早速私は明日の散歩という名のデートに向けて、手紙を書いたのだった。


次の日、当のアーデン公爵は、時間に少し遅《おく》れて家紋付きの立派な馬車で私を迎《むか》えに来てくれた。

二度目に会った公爵は、なんと前回とは違ってまるで別人のような雰囲気になっていた。

ひげを剃《そ》り、髪を切って綺麗にセットしただけで、この前の無精ひげとボサボサ寝癖で表情の全然読めない怪しげな人から、さっぱりとしたどこから見ても清潔感漂う完璧な紳士へと変身していたのだ。

しかもその素顔《すがお》は、なんと私が想像していたよりも千倍美しかった。

なにこの人、すごく綺麗な顔をしているじゃないの！

あのひげとボサボサの髪の下に、まさかこんな切れ長の目や、すっと通った鼻筋や薄く魅力的な唇が隠れていたなんて……！

驚いている私の後ろで、エマが感動のため息をついたのが聞こえた。

わかるよ……これは驚くほどの美貌《びぼう》だ……。

私は思わず嬉しくなって、正直に彼にそのことを告げた。

「公爵様、本日はお誘いありがとうございます。髪をお切りになったのですね。とっても素敵ですわ！」

もう満面の笑みで言う。ああなんて素晴らしい。この顔にクラッとしない女性なんていない。きっといない。これは公爵の婚活《こんかつ》、もう成功したも同然だ！

そんな上機嫌の私を公爵様がちょっと照れたように、眩《まぶ》しそうに目を細めて見ていた。

覆《おお》い被さる前髪がなくなって目の前が明るくなると、きっとよく見えるようになって世界が眩しいに違いない。

そして公爵様が、ボソッと小声で言う。

「あなたが……そう言ったので……」

そう！　私が言いました！　手紙でね！

でもすぐに実行に移してくれたことが素直に嬉しい。

まさかあの風貌にこだわりがあるとは思えなかったけれど、もしあの風貌がこだわりの結果だなんて言われたら、ちょっと説得するのが難航するところだった。

なんて従順で良い人なんだ。

しかし見栄えは格段に良くなったけれど、その消極的な態度は変わらなかったらしい。

そこは少々残念ではあるが、まあそれでもこんなに見栄えの良い人だったのなら、これからはもう放っておいても人気が出るに違いない。

身分は最高、見かけも美麗《びれい》。しかも内気で素直にお願いを聞いてくれる性格となれば、今の社交界でこれほど条件の良い結婚相手が他にいるだろうか。否！

「で、では行きましょうか」

しかもそう言って緊張気味に腕を差し出すその姿は一見、完璧な紳士。さすが育ちの良い公爵様、仕草は完璧に上品だった。台詞《せりふ》をちょっとかんでしまったのはご愛敬《あいきょう》。

「私、とても楽しみにしていましたのよ」

私はにっこりと満面の笑みで、その腕をとったのだった。

手紙で一言お願いしただけでここまで完璧に仕上げてきた公爵に、私は好印象を受けた。

これで私が魔女ではなかったら、もしかしたら喜んで彼と結婚できたかもしれない。きっと彼とは穏《おだ》やかな良い夫婦《ふうふ》になれただろう。

私は今まで、あまり自分が魔女だということを不幸だとは思ったことがなかったのだけれど、このときはちょっとだけ、ああ残念だなあと思ったのだった。

とはいえ、まあだからといって事実が変えられるわけでもなく。

だから彼には、ぜひ善良で素敵な女性と知り合って、幸せな人生を送ってもらおう。

縁あって知り合ったこの公爵様に私が出来ることは、そう願うことだけだ。

私、最大限協力するからね……！

そんなことを改めて決意した私は、意気揚々《いきようよう》と公爵家の高級馬車に乗り込んだ。

「それで、行き先は私の希望を叶《かな》えていただけるのでしょうか？」

馬車の中で、私は向かいに緊張気味に座る公爵に微笑みかける。

おねだりというのは慣れないが、それでも自分の計画に必要ならば、頑張るのみ。頑張れ私、二人の明るい未来のために！

すると公爵様は嬉しそうに、驚くほど美しい完璧な微笑みを浮かべて答えてくれた。

「はい、あなたがお望みのところなら、どこへでも」

ああ本当になんていい人なの……！

「まあ！　ありがとうございます。楽しみですわ！　そうそうその髪型《かみがた》、とってもお似合いです。って、さっきも言いましたかしら？」

喜びのあまりまた公爵様を褒める私。

「……いえ、それは良かったです」

するとまた嬉しそうに、ちょっと照れつつも微笑む公爵様だった。

極上《ごくじょう》の顔が微笑むと、その破壊《はかい》力はとてつもないのだと私は改めて学んだ。

「その髪は、どこか今はやりのお店で切ってもらったのですか？」

「よくわかりません。執事《しつじ》に適当に理容師を呼ばせただけなので」

「まあ……さすが公爵様」

「そうですか？」

「……」

「……」

……しかしどうも公爵が緊張しているようで、会話はあまり弾まなかった。

私が何を語りかけようと公爵はなんだか嬉しそうには微笑むのだが、会話は緊張した雰囲気で簡単な返事をするのみなのだ。思わず先日のパーティーでの一方的な会話の記憶が蘇《よみがえ》る。

私は思った。

ふむ、これはきっと女性と会話をすることに慣れていないせいだろう。

特にこんな密室ともいえる空間で女性と二人きりというのは、きっと彼にはハードルが高いのだ。緊張からか、うっすらと汗《あせ》をかいている様子もうかがえる。

「……今日は少し暑いですわね。窓を開けていただいても？」

「もちろんです」

しかし、昨日手紙を書いただけでその日のうちに彼が髪を切ったことに、私はこの先の希望を見いだしていた。

今も、私の希望を聞くやいなや急いで馬車の窓を全開にする公爵を見て思う。

彼は今も私の希望を聞いてくれた。女に従うなんてとか、自分に指図するなんてといった不満もないみたいだし、ちょっと褒めただけで素直に嬉しそうにしているところがなんとも微笑ましいではないか。

きっとこの公爵様ならば、昨日の手紙で伝えた私の希望を、全部叶えてくれる気がする。

そう。私は昨日のお手紙で、髪型以外にもたくさんお願いをしていた。中には少しばかり準備が必要なものもある。でも目の前に座るこの人は元々大金持ちで有名な公爵様なのだから、自身への少々の必要経費ならば払ってもらってもいいだろう。

我《わ》が儘《まま》な人間だと思われるかもとは思ったけれど、それはそれで婚約を破棄しやすくなるだけだと思ったので、もう何でも書いた。

しかしどうやらそれで印象が悪くなったわけではなさそうだ。

ならば遠慮はいらない。

ぜひともしばらくの間、お付き合いしてもらおうではないか。ふふふふふ……。

そしてその約二週間後、私たちは正式に人々の前で婚約を発表したのだった。

事前に新聞には告知が載ったので、もちろんその前に知っている人は多かったのだが、アーデン前公爵は顔が広い人だったようだが現公爵は人付き合いが少なくて、それほど話題になってはいなかった。

おそらく「アーデン公爵？　前公爵は知っているけれど、そういえば跡継ぎの話は聞いたことがないわね、どんな方だったかしら？」的な受け止められ方をしたのかもしれないな、と私は思った。

なにしろ私にお祝いを言いに来た人たちが、みんなそんな感じだったから。

そして私の方も、最近までロビンと婚約をしていたせいであまり良い印象はないのだろう、私に直接お祝いを言いに来たのは数少ない友人の他には、噂話《うわさばなし》が好きでこの婚約の経緯《けいい》を根掘《ほ》り葉掘り聞きだしたいご婦人が少数訪問してきただけだった。

なので、そう、私には時間があったのだ。とても好都合なことに。

私ははりきって、婚約発表までの間頻繁《ひんぱん》にアーデン公爵とデートを重ね、そしてあれこれと「希望」を実現していった。

必要ならばおねだりもあり。たまに公爵が面食らっていた時でも、一言私が「お願い」と言えば、ちょっと頰《ほお》を赤らめつつ「あなたがそうおっしゃるなら……」と受け入れてくれるあたり、本当にいい人である。

そんなお願いとおねだりと、そして少々の希望を公爵に提示して了承《りょうしょう》されるのを繰り返して、私は公爵を主に紳士御用達《ごようたし》の店へと引きずり回したのだった。

しかし、ねえ、そんなに何でも受け入れてしまっていいの……？

と、私の方が少々心配になる。

「公爵様、もちろん公爵様もご希望があったらおっしゃってくださいね？」

と聞く私に、当の本人は毎回にこにこしながら、

「特に希望はありません。全てあなたのお好きなように」

と答えるばかり。

そんなことを言って、実は私のセンスが最悪だったとか、私が悪意で彼を笑いものにしようと思っていたらどうするんだ？

少しは公爵様の好みとか意見とかはないのかしらと、試《ため》しにこれはないだろうと思うものをお薦《すす》めしてみた時も、なんの抵抗《ていこう》もなく受け入れようとしたので、驚いた私が慌《あわ》てて止めることになった。

「ええっ⁉　……と、すみません！　ちょっと思っていたのとは違ったみたい……。こんなに不釣《ふつ》り合いなものをお薦めするなんて、私、公爵様に失礼でしたね」

と、焦《あせ》る私に、

「失礼なんていうことは全くありませんよ。私はあなたが喜んでくだされればなんでもいいのですから」

と、それはそれは嬉しそうな顔で微笑むものだから、そんな人を試そうとした自分をお

おいに反省することになってしまった。

とにかく、結婚したらなんでも私の好きにしてよいと言ってくれたその言葉を、もうすでに実践《じっせん》しているかのような公爵様。

とんでもないお金持ちって、いったいどこまで寛容なの……？

もはや私には、毎回嬉しそうに迎えに来て、私の行きたい所についてきては私の気が済むまでにこにこと微笑みながら付き合ってくれる公爵様のそのお姿が、なぜか毎回大喜びで散歩に繰り出す忠犬の姿と重なって見えるようになってきた。

たまに嬉しげに振られる尻尾《しっぽ》が見えるような気さえするしまつ。

そして私はそんな公爵様なのをいいことに、結構な金額のものを買わせてしまったのだが、なんとそれでも彼の笑顔が曇《くも》ることは最後まで一切《いっさい》なかった。

本当にいいのかしら？　こんなに私の好きにして……。

そんな気持ちがふと浮かんだこともあったけれど、まあ、もう気にはすまい。本人が良いと言うのだから、きっと良いのだろう。そういうことにした。

そして本日。

件《くだん》の政界の大物侯爵が「アーデン公爵の婚約を祝う」という名目で開いたパーティーに、私たちは二人で出席したのだった。

私たちは今まで、何かと忙しいという理由で他のパーティーには出ていなかったので、前回私たちが初めて会った時以来のパーティーへの出席である。

もちろん、わざとそうしたのだ。効果的な宣伝には少々のサプライズも必要じゃない？

そして満を持して、そんな言葉がぴったりの本日。

私の狙いは見事に、素晴らしい成功をおさめたのだった。

まさしく今、パーティーに出席している全女性の熱い視線が、この私の隣に立つそれは

それは美麗でりりしいアーデン公爵に注がれていた。

たくさんの令嬢やその母親たちのお口がぽかんと開いているのを見るのは、とても気分の良いものだ。

私は満面の笑みを浮かべながら心の中で叫んでいた。

(見て！　これがアーデン公爵よ！　素敵でしょう？　だからみんな、はりきって私から略奪《りゃくだつ》してちょうだい！)

今日のアーデン公爵は、すっきりとセットしたさらさらの黒髪に切れ長かつ涼《すず》しげなグレイの瞳、すっと通った鼻筋に薄い唇。もうどこから見ても、美麗。至上の美である。

しかも無表情でもびっくりするほど美しいのに、これでちょっと微笑みでもしたら、とたんにどんな女性も心を奪《うば》われるだろう色気がダダ漏れにあふれ出すという仕様です。

そんな美しい公爵が最先端かつ贅《ぜい》を尽くした服をお洒落に着こなした姿はもはや芸術品

といっても過言ではない。

私だって最初はちょっとびっくりしたくらいだ。

魔女の集うあのデ・ロスティ学院の、美しくもきらきらしい魔女たちを見慣れた私でさえ目を見張る美貌、それは破格。普通の人にはあまりにも刺激《しげき》が強いに違いない。

驚きでまるで魂《たましい》が抜けてしまったかのような周りの人々の反応を見て、私はとても誇らしかった。

なにしろ今日のアーデン公爵の出で立ちは、全て私が作り上げたのだから！

アーデン公爵はこれほどまでに素材としては最高だったというのに、今まであまりにも身なりに無頓着《むとんちゃく》なせいで全てを台無しにしていた。

だから、私が磨《みが》いた。それはもう全力で、渾身《こんしん》の力で磨き上げたのだ。

ありがとうロビン、私にお洒落や流行の講義を延々としてくれて！

ほとんど聞き流していたとはいえ、一応はなんとなく聞いていた私、偉かった！

ああ、頑張ったかいがあったわ。

今日この場で、これほど素敵に見える紳士が他にいるだろうか。否！　完璧よ‼

人はこうも変わるのか。

寝癖をとり髪を整え、ひげを剃る。そしてうっすらと微笑むだけで、最初に見た人とは別人としか思えないほど魅力的な紳士になった。もはや詐欺では。

なぜこの顔を今まであの鬱陶《うっとう》しい前髪で隠していたのか。ほんともったいない。

しかし何度も公爵と会っている内に、私は少しずつわかってきた。今まで近侍が仕事をしなかったのではない。公爵がさせなかったのだと。

公爵は、全く見た目を気にする人ではなかった。

一度聞いたことがあった。

「なぜ、髪を伸ばしていたのですか？」

しかし答えは、うすうす思っていた私の予想通りで。

「別に伸ばしていたわけでは……気がついたら伸びていただけで……」

つまりは、ずうっと放っておいたからあんな状態だったと。そして、

「今日の服装は落ち着いていて素敵ですね」

と言った時には公爵は、

「あなたが、全て近侍に任せろというから……」

と、少々不本意そうに答えたものだ。

「あら、普通の貴族は近侍に身の回りの世話をさせるものではないのですか？」

「彼に任せると、あれこれといちいち選んだり綺麗に結んだりして時間がかかります。自分で適当に着やすい服を拾って着る方が……ずっと楽で早い」

「……公爵様ともあろう方が、服を拾って着るのはいかがなものかと思いますよ……」

「別に服なら何でもいいと思うのですが……。でも、あなたがこの方が良いとおっしゃるのなら、これからは近侍に任せることにします……」

と、なんだか渋々ながら受け入れたということは、本当に今まではあれでいいと思っていたらしい。

しかし一体なぜ、公爵様が着るような高級な服が床に落ちているのか。どうしてそれに疑問も不満も湧《わ》かなかったのか。本当に、なぜ。

しかしそんな会話ばかりでもある程度繰り返していると、人となりが見えてくるのが面《おも》白《しろ》い。そして私が何を言ってもたいていは嬉しそうに私の希望を何でも聞いてくれるので、なんだか嬉しくなった私はますます張り切った。

そして今アーデン公爵は、私が一番良いと思う紳士の髪型をして、私が選んだ、実は彼の行きつけだったらしいロビンお薦《すす》めのボヤージュの店で仕立てた最新の、かつ贅を尽くした服を完璧に着こなし、そして私が教えたとおりにたくさんの令嬢たちとそつの無い会話を早々に終わらせ――

ん？　終わらせ……？

先ほど、まさにアーデン公爵の婚約者だと発表された私ではあったが、それから少し経《た》った今は私の予想通り、俄然《がぜん》やる気を出した令嬢たちによってあっという間に公爵の側から弾《はじ》き飛《と》ばされていた。そして、

「公爵様、ご婚約おめでとうございます〜。ところでトラスフォート伯爵令嬢とのなれそめをお聞きしても？」

「私からもお祝いを……まあ公爵様、そのベストは今最新流行のガストン織りなのですね！　とっても素敵ですわ！　うふふ、私たち、趣味《しゅみ》が合いますわね！」

そんな感じで令嬢方が殺到《さっとう》する様子と、恐らくは初めての経験に少しだけ引きつった笑顔で、それでも頑張って対応しようとしている公爵様を、私はまさに目論見《もくろみ》通りと満足げに眺めていたのだ。

左手にはご馳走《ちそう》を載せた皿。右手にはフォーク。今日婚約を発表したこの地味令嬢をダンスに誘うような紳士もいないから、もう誰にも邪魔《じゃま》されることはない。もし私に腕がもう一本あったら、その手でシャンパンを持って一人乾杯《かんぱい》をしていたかもしれない。

婚約破棄の流行、万歳《ばんざい》！

今や誰も彼もが彼にお祝いを言うという名目のもと、彼の気を引きに行っている。

身分も申し分ない最高に美しく装った令嬢たちから見たら、評判に一度傷がついている私なんて敵ではないのだ。

あの美しい公爵様に、婚約者を捨ててまで選ばれ愛されるなんてどれだけ素晴らしい経験だろう……！

これだけ人気者になったのだから、公爵様にはあの中から公爵様が心から愛せる素敵な令嬢を見つけてほしい。あの朴訥《ぼくとつ》とした人のよい彼に優しく出来る、思いやりのある女性で出来たら子ども好きな……。

そんな姑《しゅうとめ》じみたことまで考えつつ眺めていたというのに。

私はふと、当の公爵がこちらを見ていることに気がついた。

（ん？　私を見ている？　なぜ？）

私の予定では今頃《いまごろ》は私なんてすっかり忘れて鼻の下を伸ばしているはずではなかったか。

あれほど「他の令嬢にも愛想《あいそ》良く、にこやかに会話すべし」と「お願い」したのに。

あれほど私が会話の練習相手になったというのに。

そう。私はどうも女性慣れしていない様子のアーデン公爵に、この二週間、女性との会話の基本をとくとくと教え語っていた。そして私とも練習も兼《か》ねてたくさん会話をして、最近は慣れてきたのかちゃんと会話が続くようになってきていた。特に最近は会話中も緊張した顔ではなくて、ちょっと微笑みが出たりして楽しそうにしていたじゃないか。

だから今日も、そこそこ令嬢たちとも会話できるはずだと安心していたのだが。

なぜ、そんな縋《すが》るような視線を必死に私に送ってくる？

私が困惑しながら見ていると、アーデン公爵は周りを固めている令嬢たちから何を言われても何かほんの一言だけ短く答え、そしてその都度ちらりと私の方を見るのだった。

（ん……？　心なしか、怯《おび》えたワンコが必死にこちらを見ているような風情が……）

くう――ん、という、悲しげなワンコの鳴き声が聞こえてくるような気さえしてくるのはなぜかな……？

え……？

私に助けを……求めて、いる……？

いやでも、最近は私と楽しく会話していたよね？　最初は「はい」と「いいえ」くらいしか言わなかったのに、最近ではそこそこ会話を打ち返せるようになっていたではないか。嬉しそうに「それは楽しそうですね」とか言えるようになったではないか。

それに困った時にはもう何でも「そうですね」とか「そうなんですか」とか「そうなんですか？」とか適当に相づちを打つだけで、きっと周りのお嬢様たちは大喜びするからと言っておいたではないか……！

なのに、なぜしょんぼりと垂れた耳が見えるような気がするのか。

なぜ「きゅうん《タスケテ》」という声が聞こえるような気がするのか。

いったい彼は、何をやっているのかしら？

大丈夫だから、いつも通り頑張って。微笑みさえしておけば、きっと相手がどうにかしてくれるから！

私はそんな気持ちを込《こ》めて元気づけるように笑顔を送ってみたのだが、当の彼からはますます悲しげになった視線を返されるだけだった。

女性に囲まれて嬉しそうな顔をするかと思っていたら、なんだか心底困っているらしいということに戸惑う私。

男性って、女性にモテたら嬉しいものなのじゃあないの？　こう、もうちょっと目尻《めじり》が下がるとか、鼻の下が伸びるとか、ねえ？

公爵も困惑しているようだけれども、私も、正直なところ困惑していた。

もっと喜ぶと思ったのに。

なぜそうも心許《こころもと》ない、縋るような視線をひたすら送ってくるのか。

なぜそんなに溺《おぼ》れて必死に助けを求めているような顔になっているのか。

私ははて、と首をかしげつつ考えた。そしてなんとなく思い至ったことは。

考えてみたら今の麗《うるわ》しの公爵という立ち位置は、ほぼ私がここ最近突貫《とっかん》で作り上げたと言ってもいいものである。

髪を切るのもお洒落をするのも、決して公爵自身が望んでいたわけではない。

思い返せば思い返すほど、彼は全て「私が望んだから」という理由だけでただただ従っていたにすぎなかった。

文句を言うでもなく抗議《こうぎ》をするでもなく、むしろ嬉しそうに素直に従ってくれていたので、てっきり私は彼もそれを歓迎《かんげい》しているのだろうと思っていたのだけれど……。

私はちょっと動揺しつつ、少しだけアーデン公爵とその周りを何重にも取り囲むドレスの山に近づいて、もう少しよく観察をすることにした。

そして導き出された結論は。

（もしかして彼は……突然のこのモテ期に対応出来ていない……？）

人はもしかしたら、突然想定外の夢のような状況になったときには、困惑してしまうものなのかもしれない。

おそらく今までは、こんな状況になったことが無かったのだろう。ふむ。

でももうこれからは、きっと彼はあの状況が普通になる。彼が実は美麗だということが広く知られてしまった今、もう女性たちは彼を放ってはおかないだろう。

だから、彼はもう慣れるしかないのだ。

そんなことを考えているうちに、またもや公爵が弱々しい視線をこちらに送って来た。

タスケテ。モウムリ。

そんな彼の心の声がまたもや聞こえたような気がした。

……しょうがない。そろそろここは手助けをするべきなのだろう。

私はちょっと小さなため息をついて、すっかり綺麗になった皿とフォークを近くにいた使用人に渡し、様々な香水《こうすい》が混ざり合うドレスの山に向かった。

「公爵様の薄灰色の瞳、わたくし今までこれほど美しい色を見たことがありませんわ」

「公爵様の王都のお屋敷は、うちの近くなんですのよ。ぜひ今度お茶にいらしてくださいませ。どんなお茶がお好きですか？」

「父が珍しい東洋の陶器《とうき》を買いましたの。公爵様はご興味がおありですか？　それはそれは美しいのですわ。ぜひ一度お見せしたく……」

「公爵様は～」

「公爵様～？」

「こうしゃくさまぁ……！」

どこからどう見ても見事にモテモテだ。美しく着飾った令嬢たちが、争うように彼の気を引こうとしている。

どう見ても普通なら、夢のような状況だと思うのだが。

なのになぜ、今もそんなに必死な視線をごちらに送ってくるのか。

彼の凍《こお》りついた表情の中で、瞳だけがこちらを向いて不安げに震えていた。

「公爵様のクールなそのまなざしに、私、凍ってしまいそうですわ……」

なんて台詞も聞こえて来たが、いやいやいやいや、あれはクールなのではなくて、どうも震え上がっているようです。

「公爵様は無口な方なのですね。そんな落ち着いた感じが大人の男性らしくて素敵！」

って、いやいや、どうも緊張して硬直しているだけみたいです。緊張のあまり口もきけない状態のようで……。

もはや私の目には、大きくて気の荒《あら》い犬たちに囲まれた気弱な小型犬が、逃げ場もなくただプルプルと震えて完全に萎縮《いしゅく》して、必死に飼い主に目で助けを求めているようにしか見えなくなってきた。

……うん、どうやら練習が足りなかったらしい。

まだまだ修業《しゅぎょう》の足りない新兵を、歴戦の猛者《もさ》の中に放ってはいけなかった。

仕方ない。今日は、ここまで。

私は己《おのれ》の計画の弱点を素直に認め、本日の計画の中止を決断したのだった。

とりあえずは「アーデン公爵は素敵な結婚相手」という印象を残せただけでよしとする。

そして私は今にも卒倒《そっとう》しそうな気配を出し始めた公爵を救出することにしたのだった。

私は令嬢たちの人垣《ひとがき》の外から公爵に声をかけた。

「公爵様、お話し中申し訳ありません。あちらに、ぜひ公爵様にご挨拶したいという紳士が」

とかなんとか私が口実をでっちあげて呼びかけると、公爵は明らかに目に安堵の色を浮かべて私を見て言った。

「ああ……では、お嬢さん方、申し訳ない……」

そう言いつつちらりとドレスの山の方を見たような見ないような。

もう決して一人一人の顔に焦点《しょうてん》は当てないぞとでも言うかのように薄ーく形だけ辺り

を見回してから会釈《えしゃく》をしたようなしないような曖昧《あいまい》な挨拶をしたあと、そそくさと令嬢たちの輪から抜け出すと、アーデン公爵はがっしと私の腰《こし》に腕を回してそのまま引きずるようにその場を足早に逃げ出したのだった。

ちょっと、どれだけ必死なのこの人……。

「大丈夫ですか？　公爵様」

すっかり表情が凍っている公爵を見上げてそう聞くと。

「……お願いですから、もう私から離れないでください。私はあなたさえいてくだされば もう……」

公爵様はそうぽつりと言って、そのままそそくさと会場の中でも一番ドレスの少なそうな、つまりは色彩《しきさい》的に地味そうな場所に突進《とっしん》したのだった。

（人見知り）

私の脳裏《のうり》にそんな言葉が浮かんだ。

うーん、でもこの人、紳士に対しては普通に喋れるのよね。パーティーでの振《ふ》る舞《ま》いも、ボヤージュの店の男性店主とのやりとりも、見ていると普通にリラックスして会話をしているのだ。

だから、単に女性に慣れていないだけだと思っていたのだけれど。

それに最近は私という女性と話す機会が何度もあって、そしてだんだん私とは自然に言葉も交《か》わせるようになってきたから大丈夫だろうと思っていたのだけれど。

まだ今までの練習では足りなかったか……。

しかし爵位を持つ貴族として、結婚は義務である。そして結婚相手は女性に限るのだ。

頑張れ公爵、より幸せで充実《じゅうじつ》したあなたの人生のために。そのための、よりよいお相手探しのために。

そのためには私、これからも頑張ってお手伝いしますからね！

何度も会っているうちにこのアーデン公爵という人に少々情も移ってきた自覚のある私は、せっかく知り合ったのだから、この人のいい公爵にはぜひとも幸せになってもらって、気持ちよく見送りたいと今では思っている。

だから、家に帰った私は、さっそく今後の計画を再構築することにした。

あの後アーデン公爵は、もう私を離すまいとでも決めたかのように私の側を離れなかった。勢いで回されただろう彼の腕は、最後まで私の腰から離れることはなかった。

おかげで他の令嬢たちからの視線が痛いったら。

この婚約破棄が大はやりの時代において、婚約したてのほやほやのカップルなんていつ別れるかわからない。ならば次は私と、そう思う令嬢がたくさんいるのはもはや普通だ。

ましてや相手が地味の代名詞のような私である。

私より容姿も家柄《いえがら》も良い令嬢たちは、きっと納得がいかないだろう。

私の一見地味な髪と瞳の色よりも、ずっと美しいとされる金の髪や蒼やエメラルドの瞳を持つ令嬢はたくさんいる。そんな人たちからは、今までも明らかに私の容姿を下に見ているのを感じていたのだから。

自分で決めたこととはいえ、私はいつまでこの魔法《まほう》をかけ続ければいいのかしら。

私は部屋に一人なのを確認すると、ため息を一つついてから鏡の前で自分にかけていた魔法を久しぶりに解いてみた。

とたんに鏡の中の私の肌《はだ》や髪からはくすみが消え、年相応の健康な肌色《はだいろ》と先祖譲りの銀《ぎん》髪《ぱつ》が現れる。そして瞳は黄金の光をキラキラと放ちはじめた。

成長するごとにどんどんと派手になっていくこの容姿は、魔力《まりょく》を持つものの特徴《とくちょう》だった。

私の銀の髪は伝説の偉大《いだい》な魔女だった先祖からの遺伝。そしてことさら輝く金の瞳は、高い魔力を持つしるし。

私のこの本当の姿を見れば、誰もが私が強力な魔女であるとわかってしまうだろう。

だから隠さなければならなかった。

もし魔女だと知られたら、もうこの貴族社会では生きてはいけない。もしバレた時には、様々な罰《ばつ》が下されるのだ。

国外への即時《そくじ》追放。

存在の痕跡《こんせき》の抹消《まっしょう》。

抵抗する者には罰を。

逆らう者には後悔を。

とにかく、得体の知れない脅威《きょうい》は完全に排除《はいじょ》されなければならない。それがこの国の、過去の経験からの信念だった。

だから、隠した。全てを。それは人生を平穏《へいおん》に生き延びるための術だ。そして私にとってそれはそれほど難しいことではなかった。

私の魔力は、「隠す」ことが得意なのだから。

実際に私の知っている今いる魔女や魔術《まじゅつ》師たちの中で、私ほど上手に「隠す」ことが出来る人は誰一人《ひとり》としていなかった。

私は魔法で意のままに違う姿に見せたり見えなくさせたり出来るのだ。

そんな私が自分にかけたこの魔法は、肌の色はくすんで不健康そうに、銀の髪はくすんだ灰色に、金の瞳は親譲《おやゆず》りのありきたりな茶色に見せる。

その上、あえて髪型も服装も微妙《びみょう》にダサい感じにしているので、普段の私の印象はまさに「地味」「目立たない」「つまらない」。

ザ・地味オブ地味。

それこそが、この国の貴族社会で私が作り上げたエレンティナ・トラスフォートという自分の姿だった。

目立たないように。将来姿を消しても、誰も気がつかないように。

今ではこの地味な姿にもすっかり慣れてしまった。でも。

ふと、あのアーデン公爵がこの本当の私の姿を見たら、どう思うのだろうかと思った。

でもこの魔力という資質が大事な跡取りや他の子どもに遺伝するかもしれないとなれば、さすがにどんなに寛容な彼でも容認《ようにん》はできないだろう。まさかそんな忌《い》まわしい血を、万が一にも名家アーデン公爵家に入れるわけにはいかないのだから。

つまり、結果は変わらない。結婚はできない。

なんだか今ではちょっとそのことが寂《さび》しい気もするけれど。

それでも私は彼には魔女と結婚して、後悔してほしくもなかった。大事な跡継ぎや子孫が魔女になるかもしれないことを嘆《なげ》いてほしくなかった。

そして私自身、あの信じ切った目で私を見つめる公爵様に、一生こんな後ろめたい重大な隠し事をしなければならないのも嫌だった。

婚約破棄をしてもらうにしても、出来ればこの秘密は隠したまま静かにお別れしたい。

憎《にく》むべき恐ろしい存在としてではなく、良い友人のまま彼の記憶に残りたい。

なので。

まずは穏便に、素敵な女性と仲良くなってそちらに惚《ほ》れ込《こ》んでもらうのが一番どちらの気持ち的にもダメージが少ないと思うのだ。

しかしあの調子では、パーティーでの出会いだけでは足りない気がする。婚約期間は最大限延ばしてもらっているとはいえ、あまりのんびりしていたら結婚式《けっこんしき》が来てしまう。では……。

そうして私は、今度はさりげなく公爵がより沢山の女性と自然に知り合える、そんな新たな計画を練り始めたのだった。


「公爵様、どちらの帽子《ぼうし》がよいでしょうか。こちら？　それともこっち？　ああどちらも素敵で迷ってしまいますわね～～！」

本日、私が練りに練った末に実行に移したデートプランは、「もちろん付き合ってくださるわよね？　私の優柔不断《ゆうじゅうふだん》なお買い物ツアー」だった。

今日私は既に、レースの店と手袋《てぶくろ》の店にも寄っている。

この後靴《くつ》の店とバッグの店と宝石店にも行く予定だ。

いつものごとく、全くもってアーデン公爵は買い物には興味が無さそうなのに、それでもお誘いの手紙を送ったらすぐに了承の返事がきた。

そして近侍に整えられたのであろう公爵然とした麗しい彼がまた馬車で迎えに来てくれ

て、そのまま私の希望したお店を巡り、今も私の買い物に辛抱強《しんぼうづよ》く付き合ってくれていた。

きっと彼はこんな経験は初めてだったのだろう。最初のうちは、私がどちらのレースが素敵か意見を聞くたびに驚いて、その後もとても困っているようだった。

だから私はお店でひたすら悩《なや》むフリをして、ひたすらお店の品物を次から次へと物色しては彼に意見を求めつつ、密《ひそ》かに計画通りとほくそ笑んでいた。

そう、最初の滑《すべ》り出《だ》しは順調だったのだ。全く計画通り。なのに。

なぜか彼はこの困った状況に対応する策をあっという間に見つけ出し、すでに最初のお店の途中《とちゅう》からは、私に意見を求められては、

「どちらも素敵ですよ」

と、今ではすでに何度目かもわからなくなった台詞をにっこり微笑みながら棒読みするようになった。

最初はたしかに面食らって動揺していたのに、それでも紳士として身につけた今までの教養と知識から、早々にその場での最適解を自力で見つけ出してしまったようなのだ。

そしてその瞬間からは、もうその台詞しか言わなくなった。

つまりは「ドチラモステキデスヨ」という全ての判断を放棄《ほうき》する呪文《じゅもん》である。見事に心がこもっていないのが丸わかりの棒読みだ。きっと心からどうでもいいと思っているに違いない。こんなにデザインが違うのに！

そしてそれでも粘る私が、

「まあ、でもどちらも素敵で決められませんわ〜！」

とか言ってぐずぐず頑張っていると、いつしか次なる呪文が公爵の口から紡《つむ》がれるようになってしまった。

「ならばどちらも買いましょう」

違う！　そうじゃない！

そんなことを望んでいるわけじゃあない！

なのに彼は私の方を見てにっこりと微笑むのだ。

もう終わった？

微笑むその瞳が明らかにそう言っている。もはや私には、その様子がまたもや主人の用事が終わるのを今か今かと待つ忠犬の姿に見えてきていた。

尻尾をぶんぶんと振って、キラキラした目でこちらを見るワンコ。

この天下の大金持ちであるアーデン公爵には、おそらくこれくらいの出費などまったく痛くもかゆくも無いのだろう。

こういうちょっとした面倒な時間をなんの躊躇《ちゅうちょ》もせずにさっくりとお金で解決しようとするあたり、さすが金持ちの貴族だなと感心してしまう。

しかし私には素直にお礼を言えない事情もあるのだ。

だって今も本当は、帽子を迷っているわけではないのだから。

「ええ～？　でもそんなにあっても困りますし～、どちらかでいいのですけれどお」

なので、私は粘った。とにかく私はまだこの店にいたい。

あまりに早い。早いのよ！　まだこの店に入って五分も経っていないではないか。

私はまだ、ここを出るわけにはいかないの！

こんな調子では、あっという間に今日行く予定の店に行き終わってしまう。

だけれど今日の計画は女性がよく行くお店に一緒に行って、そこで私が散々悩むフリをしてお店の滞在《たいざい》時間を出来るだけ引き延ばし、その間に偶然《ぐうぜん》そこを訪《おとず》れる女性客の目に公爵を触《ふ》れさせあわよくば会話などの交流をしてもらう、というのがメインの目的なのだ。

「まあ公爵様、ごきげんよう」

にっこり。

「どうも」

にっこり。

多くは望まない。これだけでも彼には上出来だろう。

しかし美しく若い公爵という今や最高の結婚相手となった彼に、出来るだけ沢山の女性たちと会話をしてもらうには、そんな口実とシチュエーションが今はぴったりではないか。

それにその令嬢の「にっこり」で、公爵が恋に落ちるかもしれないし！

そして同時に、散々ぐだぐだと悩んだ挙げ句に最後は「やっぱり決められませんわ～、また今度」と何も買わずに店を出て徒労感を演出した上にさりげなく私の優柔不断をアピールして公爵には呆れてもらい、私のお財布《さいふ》は無事温存という完璧な作戦だったのだが。

それがなんと今や、その計画自体が公爵の莫大《ばくだい》な財力とありすぎる決断力を前に風前《ふうぜん》の灯火《ともしび》となっていた。

なぜそんなに買い物に無頓着なのか。なぜにそんなにあっさりと大金を使うのか？

躊躇とか迷いを全く感じさせない、むしろそこに落ちているゴミを拾ってゴミ箱へ持って行くよりもマシだと言うかのような買い上げっぷりに、私は開いた口が塞《ふさ》がらなかった。

そのせいでいつも女性でごった返している人気店巡りなのに、これまでの店で公爵と会話が出来た私以外の女性の数はゼロである。

ゼロ！

まさかこんなにお金を使わせて、私が必死に品物を迷っているフリまでして店にいようと粘った成果がゼロとは。

とにかくこの公爵、他の女性、特に若い令嬢が話しかける隙を与《あた》えないのだ。

私が近くの見知らぬ女性に声をかけてまで会話に引き込もうとしても、けっしてそこに公爵は入ってこようとはしない。むしろすすっと何歩も下がって距離を空けるしまつ。

（引っ込んじゃったらだめでしょう――!?）

とにかく私だけを見つめ、私が手に取ったものはその場で全て買い上げて「他には？」と聞いてくる。

その瞳は、もはや主人を喜ばせたいと健気に見上げる忠犬の瞳。まあ実際には背が高いので見下ろされてはいるのだけれど。

しかしそんな早業《はやわざ》で全て買われてしまったら、もう迷うフリをするために新たな品物を手に取ることにも躊躇してしまう。

となると私には、他に時間を引き延ばす手立てが思いつかないのだった。

とにかく、さすがに永遠に買わせるわけにもいかないと良心に負けて、私が「いえ、もうありません……」と白旗を上げるまでその状況はひたすら続く。

もうこの店で三軒目だ。最初のレースのお店ならまだよかった。手袋もまだなんとか。

しかし帽子でもこの態度となると、この後の靴やバッグや宝石店でも……？

まさか今日行く予定の全ての店でこれをやるつもりなのか……？

なにそれ怖い。金持ち怖い。

世の中のお金持ちの貴族やその夫人って、こんな買い方をするものなの……？

どうりで「明日はお買い物にお付き合いしていただきたいのですわ。超一流と噂のあんな店やこんな店に行ってみたい」なんて我《わ》が儘娘《ままむすめ》的な手紙を突然送りつけて呆れさせようとしても、次の日余裕《よゆう》の笑顔で迎えに来るわけだ。

そして、たとえアーデン公爵を見つけた女性客たちが彼に話しかけようと近づいてきても、それを素早《すばや》く察知してさりげなく背を向け、私の横にぴったりとくっついてくる公爵。

なんだろう、この人、後ろに目がついているのかしら……？

なぜそんなに敏感《びんかん》に察知してまで避けるのだろう？

とにかくさりげなく背を向け他の女性を拒絶《きょぜつ》して、今関心があるのは私だけだと言わんばかりの態度が恐ろしくあからさまで。

なんでそんなことをするんだ。せっかく話しかけてくれようとしているのに……。

(公爵様、こっちを見るのではなく、あっちを見て！)

思わず心の中で叫ぶ私。

今日の目的は買い物ではなくて、あっちなの！

しかし悲しいかな、さすがにそんな一見おかしな台詞は言えないので、もう私はひたすらこの公爵の鉄壁《てっぺき》感漂うガードを打ち破る勇気のある令嬢かその母親の登場を待つことしかできなかった。

とにかく粘って、時間を……令嬢たちが話しかける時間を稼《かせ》ぐのよ頑張れ私……！

思わず手に取っていた帽子を握《にぎ》りしめたとき。

「ではそれも」

そうして私は、三つ目の帽子を手に入れたのだった。

って、だから違う。そうじゃない……。

「公爵様……どれか一つで十分です……本当に……」

「迷っているのなら帰ってから家でゆっくり考えればいい。もしいらないものがあれば後で返せばいいのですから」

にっこり。

だから早く店を出たい、そう言っているのかと思えるほどの手際《てぎわ》の良さである。

違うのよ……私はその後ろで健気にあなたに存在を認知してもらおうと「まあなんて素敵な帽子でしょう！」などと必要以上に大きな声を出してちらちらとこちらを見て話しかけるきっかけをうかがっている令嬢のために悩むフリをだね……。

しかし悲しいことに、そんな健気な令嬢の存在アピールを綺麗さっぱり無視する公爵を見て、どうやら令嬢の方が諦《あきら》めてしまったようだ。

あああ……可愛らしい方だったのに……！

あちらをチラとも見ないのはどういうことか。せめて一目、チラと見るだけでも……。

もしかしたら好みのお嬢さんかもしれないじゃないか！

そして私は心から落胆《らくたん》しつつ、とっとと馬車に乗せられて、次の予定にしている靴店に向かわされたのだった。

次は、私は何足の靴を買われてしまうのだろう……？

さすがにそんなに多くの贈り物なんて受け取れない。でも後で全て返品するとしたら、その手間と店主たちの落胆ぶりを考えると、うーん一つくらいは残しておくべきだろうか……そして後日それを身につけて公爵に会い改めてお礼を言って……。

私は自分の計画によって予想外に発生した面倒なあれこれを考えて、思わずうんざりしたのだった。

そして改めてこの計画の最後に宝石店を入れてしまったことを私は心から後悔した。

宝石店は、やめるべきだった。高すぎて今から心臓が持つ気がしないよ……。

神様、どうかこの人を止めてください……！

しかし悲しいかな、その私の予想は全て当たったし、なんならアーデン公爵の買い上げの決断までの時間はますます短縮されていったし、そしてその場に居合わせた全ての令嬢やご婦人たちの度肝《どぎも》を抜きこそすれ、会話は最後まで一切成立しなかったのだった。

わかります？　お高いものばかりの宝石店で、とりあえず私が少しでも見たものはまるで安いと言わんばかりに気軽に端からお買い上げされてしまう私の気持ちが……！

公爵は終始店主としか会話しないし、しかもその会話だって「ではそれも」「ありがとうございます公爵様」の繰り返しばかり。

たまに私に話しかける時はといえば、たいていが、

「ああ、これはあなたに似合いそうだ。いいね、とても美しい」

とか言って店主に包むように身振《みぶ》りで示しながら微笑む時くらいで。

いや私、欲しいとも言っていませんが⁉

しかも私が遠慮して、せめてお安めに済まそうと見ていたラインとは完全に別の、超高級ラインの物たちばかりなのですが⁉

店主も、私たちをお得意様用の奥の部屋に誘わないで。そして奥からもそんなに出してこなくていいから！

周りの高貴な客たちさえもがドン引きしているのをひしひしと背中に感じながら、もう迷う芝居《しばい》さえもさせてもらえない完璧なスムーズさで、私は公爵に大量の宝石をお買い上げされてしまったのだった。

なのにさらに、この公爵は私に微笑みかけて言ったものだ。

「他に気に入ったものは？」

なんならその店のどの宝石よりも美しいかもしれないその顔でそんなことを言われてしまったら、もう私は魂が抜けたような顔をしながら「いいえ……もう何も……十分ですわ……」と呟《つぶや》く他はなかったのだ……。

もちろん、自室に帰ってから私は届けられた贈り物の山を前に途方に暮れ、そしてこの計画の失敗を認めた。

完全な失敗である。完膚《かんぷ》なきまでの敗北である。ああ、敵はなんて手強いのだろう。

せめて……せめて宝石店はやめておくべきだったよ……。

ただしそのたった一日の、なのに合わせたら大きなお家が一軒《いっけん》くらいは軽く買えてしまいそうな金額の買いものっぷりは、もうあっという間に噂好きなご婦人たちの噂になって、突然美麗に変身した公爵の驚くべき気前の良さにますます令嬢たちからアーデン公爵への視線は熱くなったようだった。

そして私はそんな憧れの的となったアーデン公爵の、全く釣り合っていない地味で平凡《へいぼん》な婚約者として、ますます他の令嬢方から不思議に思われている。

ええそうですね、私も本当に不思議です。

しかしそんな私でも、最近は主に政治的に重要な貴族たちのパーティーに出席する公爵様に同伴《どうはん》することが多くなってきた。

どうやらアーデン公爵という人は、政治には興味があるようだ。まあ公爵様ともなれば、貴族院の一員としてのお仕事もあるのだろう。

婚活には興味がなくても、仕事には真面目なタイプなのだ、きっと。

そして今日もとあるパーティーに出席した私は、この前公爵と訪れた宝石店で買ってもらってしまった見事なサファイアのネックレスとイヤリングを身につけていた。

それはあの時公爵様が、珍しく自らの意思で選んでくれたものの一つで。

公爵様が選ぶだけあって非常に高価な、価値の高い一品。

もちろんあの時届いたものを全部頂くなんてできないので、ほぼ全てを返品してしまったのだけれど、このセットやいくつかのアクセサリーだけは公爵様が私のために選んでくれたものだと思うとなんだか悪い気がして、返品しそびれてしまったのだ。

だからそれなら身につけてお礼を言うべきだろうと、思って。

このアクセサリーを身につけた私を見た時の公爵様は、それは嬉しそうに目を細めて、極上の微笑みで言った。

「ああ、やはりよくお似合いです。とても美しい」

いやもちろん美しいのはこのサファイアのセットだとはわかっているのだけれど、それでもその宝石が似合っていると言われてなんだかちょっと照れてしまった私だった。

ただそのサファイアのセットを身につけてパーティーに出てみれば、その石の大きさと輝きに「あれが……」とヒソヒソ言われるくらいには豪華な一品。

私がアーデン公爵になぜかとても溺愛《できあい》されている、という根も葉もない噂が囁かれ始めたのはこの頃《ころ》からだろう。

でも甘い言葉や愛の告白なんて、全く記憶にありませんが？

ただ今日もアーデン公爵は律儀《りちぎ》に私を迎えに来て、目的であるどこぞの紳士とのおそらく政治的な何かの会話をした後は、基本ずっとべったりと私と一緒にいる。

仕事以外の知り合いを増やそうとか、最新の噂や話題を取り込もうとか、ちょっと賭け事しちゃおうかな、なんていう紳士の好きそうなことをする気は一切ないらしく、おそらくは私がパーティーに飽《あ》きて「もうそろそろ帰りましょうか」と言うのを静かに横で微笑みつつずっと待っている。

これはもはや、忠実に主人につき従うワンコ以外の何物でもないのではないか。

でも忠実なのはいいけれど、これでは他の令嬢たちがつけいる隙がなくなってしまうのよ。それは困る。主に私が。

だから公爵様に隙を作らせるために、「私、あっちでお料理をいただいてますね」と離れようとしても、なぜか必ず「ああ、いいですね。では私も何かいただきましょう。何があるかな」とにこにことついてきてしまうのは、なぜ。

端から見ればパートナーの意を汲んで優しくエスコートする公爵、しかしその実態はひたすら私に置いて行かれまいとくっついている忠犬。

かつての婚約者ロビンだったら「そんなにパーティーで食べるなんてはしたない」とお説教した後にさっさと離れてくれたのに、このアーデン公爵は、今も一緒になって料理をにこにこ食べている。

そしてさらに最近は彼も私にだけは打ち解けたらしく、私が、

「そのサーモン、美味しいんですか？」

と、皿に山盛りにサーモンを盛っては食べている公爵に話しかけると、

「はい。美味しいです。この王都ではなかなか美味しいサーモンは手に入らないのですが、ここの主はさすが船をたくさん所有しているだけありますね」

と、にこにこ答えるようになっていた。ああその笑顔がなんて眩しい。

出会った最初の頃だったら緊張した顔で「はい」「いいえ」くらいしか言わなかった人が、随分饒舌になったものだと私は思わず遠い目をしてしまった。

傍目にはクールな超絶《ちょうぜつ》美形の公爵がうっすらと微笑んで間近から見つめ返すという、普通の令嬢だったら卒倒しそうな場面のはずなのに、うっかり最近よく一緒にいるせいですっかり見慣れてしまった私の目には、公爵の最新流行で決めた高級な装いの後ろに無邪気に振られる尻尾が見える。

懐《なつ》いた、といえばそうなのかもしれない。

公爵が、素直に純粋にこちらを信頼《しんらい》して心を許してくれているように思えて、また私の良心がちくりと痛んだ。

私はこんな純粋な人を騙している。

こんなにいい人の期待を裏切ろうとしている。

でも、魔女を忌むべきものとして排除する貴族たちの、その中でも頂点に立つ公爵家の当主を相手に、私は自身を魔女だと告白する勇気はいまだなかった。

貴族というものは、おしなべて魔女を嫌悪している。

私は今までの人生で、嫌になるほどそのことを実感していた。

現に去年、魔女だと些細《ささい》なきっかけでバレてしまったバルマス子爵《ししゃく》夫人は、その血を引く子どももろとも即刻《そっこく》子爵家から縁を切られて追放されてしまった。

かろうじて跡継ぎの長男だけは残されたらしいが、いつかその長男が適齢期になっても、おそらく結婚相手が見つかる可能性は低い。

それだけ「魔女の血」というものは嫌悪されるのだ。

被害者《ひがい》ともいえるバルマス子爵も、今では社交界に出てこなくなった。もし出てきたとしても、他の貴族からの好奇《こうき》と蔑《さげす》みの目からは逃れられないからだろう。

そんな不幸な事件が今でも起きているという事実に、私はもううんざりしていた。

魔力があるというだけで、犯罪を犯《おか》しているわけでもないのに非難され追放される。

バルマス子爵夫人を魔女だと看破して告発したオルセン男爵はとても得意気だったが、その姿は私には嫌悪しかなかった。

私はそんなことをする人たちの仲間として、その人たちの社会の中で生きていきたいとは思わない。どんなにお金があっても、どんなに高貴な身分だとしても。

明日は我が身。いつ非難とともに追放されるかびくびくしながら生きるなんて。

魔女だと告げたとたんに、このご機嫌《きげん》な公爵もたちまち嫌悪に満ちた目を私に向けるかもしれない。そう考えるたびに、私はそれはとても辛いと思っている自分を自覚していた。

当初予想だにしていなかったことだけれど、私はこのアーデン公爵という人に、最近ではとても親しみを感じ始めている。

なにしろとても話しやすい人なのだ。だからついつい私もあれこれと話をするのだが。たとえ仕事をしたいと語っても、結婚は出来るだけ遅らせたいと言ってもお好きなようにと言ってくれるし、私が失神しそうなくらい散財させても自分がしたくて払っているのだから全く問題ないと笑っている。

けっして批判的なことを言わない。女性なら、貴族令嬢ならこうあるべきとも言わない。ただ私の話を穏やかにふむふむ聞いて、応援《おうえん》するよとご機嫌に幻の尻尾を振っている。

そんな人だったから。

何ていい人なんだろう。なんて楽な人だろう。なんて一緒にいて楽しいのだろう。

そんな、なんでもうんうんと聞いてくれる彼が唯一うんと言わないのは、「婚約破棄」だけだった。

……どうして？

もともと仕事には偏見《へんけん》の無い人なのかもしれない。事実お金に困って商売に手を出しているという噂のある貴族なんて何人もいるから、最近は多少価値観が変わってきているかもしれないとは思う。

だけれどこの人は、おそらくはどんなに散財しても宝石やドレスなんかではなかなか破産させることが出来ないくらいに大金持ちの公爵様だ。

しかも王家とも縁戚で、先代は政治的にも重要な地位についていたという名家。

そんなお家の人がなぜ今まで全く接点のない、私のようなひたすら地味に生きていた令嬢を欲《ほっ》しているのかさっぱりわからなかった。

今や彼は、もっと美人で煌《きら》びやかで誰からも羨《うらや》ましがられるような人を妻に出来る立場だというのに。

私はいつも考え込んでしまい、そしていつも同じ結論にたどりつくのだった。

つまりは、さっぱりわからない。

だけれどこの目の前の公爵は今の状況に全く不満は無いようで、むしろご機嫌な様子が本当に理解不能。

不思議だ……。

私はそんなことを考えつつ、ご機嫌でサーモンを食べる公爵を眺めていた。

それでも見目は素晴らしい貴公子然となったアーデン公爵なので、ちょっとでも私が公爵の側から離れるとすぐに女性に囲まれる日々。

公爵が一人になったとたんに令嬢たちがわらわらと集まってきては、

「まあ公爵様！　今日のボタンはダイアモンドですのね！　私のイヤリングとお揃いです

わ！」

と顔を近づけたり、

「公爵様〜今日のパーティーのお酒はとっても美味しいと思いません？　私、なんだか酔《よ》ってしまったみたい……」

としなだれかかろうとしたりする。

なのに当の公爵といったら、そのたびに笑顔が凍って硬直するのだ。

もう何度も一緒にパーティーに出て、何度も同じ目に遭《あ》っているのだからそろそろ慣れてもよさそうなのに、アーデン公爵が一向に慣れる様子を見せないのはなぜだ。

最初はぎこちない笑顔を見せつつ頑張っていても、しばらくすると助けを求める視線を私に送ってくるのも相変わらずだった。そしてどんなに「頑張れ」と視線で励《はげ》ましても、どんどん追《お》い詰《つ》められて縋るような視線になるのも変わらない。

どうしてあの人は、いつも気弱なワンコのようになってしまうのだろう。

何度も「自信を持って」「そつのない会話をすればそれだけで満点」「なんなら頷いているだけでもなんとかなる」と私が励ましても、全く成長する気配がない。

（……もしや成長する気がないのか？　それとも女性と会話するのが嫌いなのか？）

と、私が本気で悩み始めた頃。

あるとき私は、とうとう彼の成長を見たのだった。彼は新しい技《わざ》を習得した。

ろくに相手の話も聞かず、まるで急用を思い出したとでもいうように「ちょっと失礼」とだけ言って、さっさとドレスの山から抜け出して私のところに戻《もど》ってくるという技を。

（ちっが――うっ！　そうじゃない‼）

そしてそんな公爵を見た令嬢方が、相変わらず「まあなんてクール」とか言っているけど、それは「クール」なんじゃなくて単に「怖がって逃げている」んです。

だからあんまり勢いよく突撃《とつげき》しないで、ゆっくりと優しく接してあげてください……そうしたら逃げないかもしれないから……。

最近では気がつけば、紳士と話していない時は常に私の隣を公爵が陣取《じんど》り、前にも増して離れるものかと付《つ》き纏《まと》うようになってしまった。

しかももしそこにどこかの令嬢が話しかけようとしても、

「ああそうだエレンティナ、喉《のど》は渇《かわ》いていないかい？　君の好きな果実酒でも取りに行こうか？」

などと私に話しかけつつ私の腰を抱いて場所を強制移動、とにかくその令嬢が諦めて追いかけてこなくなるまで、ひたすら私を見つめ私に話しかけてやり過ごすなんていう小技《こわざ》も習得してしまった。

なんだろう、その臨機応変。なんなのその溺愛演技……。

本当に女性たちとの交流には関心がないどころか、明らかに避けている。

寡黙《かもく》かつ超絶美形な人なので、ただ静かに微笑んで私の横に立つ姿はまるで後ろに花でも背負っているかのような美しい姿に人の目には映るのかもしれないが、その実態は自由に歩き回る私に必死に置いて行かれまいと付き纏うただの顔の良い忠犬である。

これでは公爵様の「新たな出会い」そして「真実の愛」のために出たくもないパーティーに出ては頑張って会場に居座《いすわ》っている私の努力が台無しなのに。

もう私は、まるでせっかく広々とした庭が目の前に広がっているのに尻込《しりご》みして動かない飼い犬を、必死に「思いっきり走っていいんだよ」と言って送り出そうと苦労している飼い主の気分になってきた。

せっかく素晴らしい顔と地位を持っているのだから、お願い頑張って……！

しかしその私の真意は、いつまでたっても全く伝わらないのだった。

なにをしれっとくっついているのか。

思わずちらりと公爵の方を見上げたら、それに気づいた公爵が、

「エレンティナ、どうしました？　疲《つか》れたかな？　それとも何か食べますか？」

と、うっとりとした顔で私の世話を焼こうとする。

そんなだから周りから溺愛とか言われるんでしょうが……。

興味もないのに何しにパーティーに来ているんだろう、私。

最近はパーティーに出ても、ただ単に周りに仲の良さを見せつけているだけになってい

るような気がしていた私は、さすがに作戦を変更《へんこう》するべきではないかと思い始めた。

そう、私は現実的なのだ。

いつまでも叶わぬ夢を見ることはない。

幸いアーデン公爵は私の希望を聞き入れて、最大限婚約期間を延ばしてくれていた。

しかしこのまま状況が変わらなければ、いつかは確実に父とアーデン公爵によって私は貴族夫人、しかも公爵夫人としてこの貴族社会の中心で生き続ける運命となる。

魔法で誤魔化《ごまか》しているこの地味外見と、「普通の人」のフリを一生続けなければならなくなるのだ。

それは嫌だ。どうしても嫌だ。

私は本来の姿と能力で、納得のいく人生を生きていきたいのだ。

ということで、次なる作戦は……。

放置しよう。そうしよう。

第三章✦押してだめなら引けばいいのよ

そうしてアーデン公爵《こうしゃく》とパーティーに出るのをやめた私だった。

もともとアーデン公爵が喜んでパーティーに出ていた様子はなかった。

なぜなら彼が政治的な要人と話す以外、そのパーティー会場で他に積極的に一人で何か行動することはなく、最近では特に、ひたすら私にくっついていただけだったのだから。

ということは私と婚約《こんやく》する前は、必要な話が終わり次第《しだい》とっとと帰っていたに違《ちが》いない。

唯一《ゆいいつ》私の側を離《はな》れるのは、誰《だれ》か紳士《しんし》に話しかけられて仕事の話になり、そのまま拉致《らち》される時くらいしかないのだ。そしてそれも終わると速攻《そっこう》で戻《もど》ってきてしまう。

この公爵様は、いったいどれだけ社交嫌《ぎら》いなのか。

彼の近くにいて漏《も》れ聞《き》く話を総合すると、どうも今までも用事が無い限りはほぼ引きこもっていたようだということがわかってきた。もちろん女性との浮《うわ》ついた話なんてかけらも出てこない。むしろよく婚約できたと喜ばれているしまつ。

女性に興味がないのか何なのか、ひたすら近づいてくる女性がいても目をそらし、けっして話しかけることはない。それでも強気に突撃《とつげき》してくる令嬢《れいじょう》には渋々《しぶしぶ》対応してはいる

もの の、早く切り上げようと四苦八苦しているのが感じられて。

私が気を利《き》かせてその場を離れようとするたびに、いつものあの縋《すが》るような目を必死に向けてくる。

なんだか最近は、苦手なことを押しつけているような気がして申し訳ないような気もしていたのだ。

ならば、もうパーティーはいいではないか。

ふふふ……。

「……お嬢様《じょうさま》、これでもう一週間も公爵様のお誘《さそ》いをお断りしていますが、本当にいいんですか？」

「いいのよ。私は今、風邪《かぜ》をひいて家から出られないの。でも一週間会わなかったら、そろそろ噂《うわさ》にはなるかしらね？　私たちが喧嘩《けんか》したのではとか公爵が私に飽《あ》きたのではとか。いくらでも理由が想像できるから、きっとそろそろ噂される頃《ころ》だと思わない？」

「お嬢様はいいんですかそれで……？」

「だってそうでもしないと、あの人は他の令嬢と交流しようとしないんだもの」

「そんなに交流させたいんですか？」

「もちろんよ！　じゃないといつまでたっても婚約を破棄《はき》してくれないじゃないの！　私はまだ諦《あきら》めてはいないわよ？　アーデン公爵に素敵《すてき》な真実の愛を見つけてもらう計画を、

私は諦めない！」

「はあ、真実の愛ですか……。それでお嬢様の真実の愛は、どこに？」

「え？　私の？　もちろん私の真実の愛は、仕事と学院の魔女《まじょ》たちに捧《ささ》げるのよ。私は仕事に生きるんだから。前から言っているじゃないの」

だから今、一瞬《いっしゅん》あの公爵の顔が浮《う》かんだなんて、エマには言わなくていいよね？

そう、きっと私たちが突然《とつぜん》会わなくなれば、社交界の令嬢やその母親たちは思うだろう。

これは、チャンスじゃない？　今、アーデン公爵夫人《ふじん》の席は空いたも同然だ！

そうしたら彼女たちは、こぞってアーデン公爵を誘うに違いない。口実《こうじつ》を山ほど作って。

なにしろ彼の完璧《かんぺき》な外見と、軽々しく何でも買う金満家ぶりを世間に認知された後なのだ。

そうなるともう、多少気弱だろうが押しに弱かろうが口数少なかろうが関係ない。むしろ好都合と考える人はきっと多い。

そんな積極的な令嬢方には彼は少々つまらないかもしれないが、もともとこの貴族社会で相思相愛の恋愛結婚《れんあいけっこん》なんて、まだまだ少数派。

怒《おこ》ったり殴《なぐ》ったり冷遇《れいぐう》したりしないで、その上妻を自由にさせてくれる金持ちで爵位《しゃくい》持ちの夫なんて、むしろ理想的な部類だろう。万々歳《ばんばんざい》だ。

そしてそんな令嬢方の中からアーデン公爵は、好きな令嬢に手を差《さ》し伸《の》べるだけできっとそこそこ幸せな人生と跡継《あとつ》ぎを得られるというわけだ。

完全に公爵の好みでよりどりみどり。自分のこだわる条件で好きな令嬢を選べるなんて素晴《すば》らしい。

なんとお互《たが》いに都合の良い素晴らしいカップルでしょう。貴族の結婚はこうでなくては。

うんもう、最初からこうすれば良かったわね！

私は満足げに微笑《ほほえ》んで、しばらく「風邪をこじらせる」ことにして、完全に沈黙《ちんもく》したのだった。

もともと必要なパーティーには今まで一人で出ていたようだから私がいなくても大丈夫《だいじょうぶ》だろう。パーティーに居座《いすわ》る私がいなければ、用事が済んだ彼は今まで通り帰るだけだ。

まあ、もう周りの令嬢や母親たちが放っておいてはくれないだろうけれど。

一応夜のパーティーのお誘いが何度かと、昼間のお散歩デートのお誘いもあったけれど、私が目指しているのは「不仲説」なので、ここで仲の良い姿を見せるのはよろしくない。

それに、これ以上アーデン公爵に情が移るのも危険なのではと思い始めてもいたから。

なんだか今では公爵は、私にとって、なんというか、大切な友人になってしまっていた。

だからそんな気安く楽しくおしゃべりしていた仲の良い友人とこうしていざ会えなくなると、若干《じゃっかん》物足りないような寂《さび》しいような気がしてしまう。

でも考えてみたら、どうせ彼が他の令嬢と結婚してしまえばそんなに親しくも出来なくなるのだから、これは良い機会だと思って慣れるべきなのだろう。

彼には幸せになってほしい。そう願えば願うほど、彼が魔女を娶《めと》って貴族社会の中での立場を悪くするなんてことにはさせたくないと思ってしまう。

そしてずうっと私と良い友人でいてほしかった。

私には、叶《かな》えたい夢がある。

魔女たちが、出来るだけ平穏《へいおん》な人生をこの国で歩めるように手助けをするという夢。

私の育った環境《かんきょう》は、あまり良いとは言えなかったから。

この国では魔力《まりょく》が認められた子どもたちは、すぐさまその魔力を隠《かく》せるようになるまでの間、密《ひそ》かに隔離《かくり》されて育てられる。その間は「外の世界」にも行けないし、家にだって帰れない。

貧しいわけではなかったけれど、ただひたすらしつけと勉強と訓練ばかりの毎日は、私のように幼いときから隔離されてしまった子どもたちにはとても寂しい生活だった。

私がこのまま何もしなければ、これからもずっと同じように親や兄弟に会いたいと泣く子をずっと変わらず生み出し続けることになる。

でも、私には、そんな子が少しでも寂しくないようにできる魔法《まほう》があるのだ。

それは「隠す」魔法。いわゆる封印《ふういん》魔法。

今でも私の本来の銀の髪《かみ》や黄金の瞳《ひとみ》を完璧に隠しているこの魔法は、きっと自分の魔力に翻弄《ほんろう》される小さな子どもたちの助けになるだろう。

魔力を望まない人たちから、その魔力を生涯《しょうがい》隠すことだってある程度できるのだから。

魔力を一時的にでもきちんと封印出来たら、幼い子どもたちは定期的に家に帰ることができるようになるだろう。

訓練は必要だから完全に帰すことは出来なくても、両親や兄弟に定期的に会い、見守られ、愛されていると肌《はだ》で感じながら育つことができる。

そして大人になっても、魔力の必要ない仕事で堅実《けんじつ》に生きる人生を手に入れることが今よりたやすくなるだろうと私は思っている。

うっかり魔法を使ってしまったり、魔力を暴走させてしまう心配なんかしないで安心して暮らせるとしたら、その方がいいという人だってきっといるに違いないのだから。

そういう人たちに、心配になった時はいつでも封印の魔法をかけ直してくれる、故郷に行けば会える封印魔術師《まじゅつし》。そんな人になるのが私の目標だった。

この魔法があれば、私は沢山《たくさん》の人の幸せを手助け出来る。

そのためには、結婚なんてしているヒマは無いのだ。

私は、いつか自分が育ったあの学院に帰る。

ちょくちょく公爵との破局の噂を確かめに来る噂好きなご婦人たちの相手をのらりくらりとかわしながら、そんな気持ちを再度確認《かくにん》する私だった。

そう、だから、

「ブローレスト侯爵《こうしゃく》令嬢が、アーデン公爵ともう三回も会っているらしい」

とか、

「どこぞの男爵《だんしゃく》令嬢の馬車がアーデン公爵家の前でもう二回も故障した」

とか、

「誰かがアーデン公爵になんとかという名馬をプレゼントしたら、お返しにたくさんの花が贈《おく》られてきた」

なんていう話を聞いても心がざわついたりなんて、しない。

あの信頼《しんらい》しきった、嬉《うれ》しそうな微笑みと温かいまなざしが、たとえ他の女性に向けられるようになろうとも、それは彼にとって幸せなことなのだから、寂しくなんて、ない。

彼は、いつか魔女だとバレて追放されるかもしれない私よりも、一生彼の側にいて、ずっと彼を幸せにすることが出来る人を大切にするべきなのだから。

それに私にとっても、彼が私を魔女だと知って今までの温かなまなざしが軽蔑《けいべつ》に変わることの方が、ずっと辛《つら》いに違いないのだから。

どこぞの令嬢がアーデン公爵とデートをしたという噂を聞くたびに、なぜか私はそう心の中で繰《く》り返《かえ》すのだった。

そう、彼はいい人だ。少々人嫌《ひとぎら》いで口下手かもしれないが、嘘《うそ》をついたり人を騙《だま》したりする人ではない。どちらかというと真面目すぎるくらいだし正直な人。

そんな人が私のせいで不幸になっては寝覚《ねざ》めが悪い。ここは私が、誠心誠意きっちりと売り出してあげなければ。

今のところは評判の悪そうな令嬢が近づいている様子はないので安心だった。

ぜひとも素敵な女性と相思相愛になって、幸せな結婚をしてほしいものである。

私は日々入ってくるアーデン公爵の交流の噂を聞きつつ、本気でそう思っていた。

もちろん定期的に届くアーデン公爵からの散歩や気晴らしのお誘いには、相変わらずのらりくらりとかわし続けながら。

ここでうっかり仲良く散歩なんてして、今まさに彼を落とそうと頑張《がんば》っている令嬢たちを失望させるわけにはいかない。そして芽生えているかもしれない新たなロマンスを、邪《じゃ》魔《ま》するわけにもいかないのだ……。

そんなふうに頑張って家に籠《こ》もっていたある日のこと。

我が国では前代未聞《ぜんだいみもん》のスキャンダルが持ち上がった。

『幻《まぼろし》の王女発見』

それはあくまでもまだ噂ではあったが、それでもこの狭《せま》い貴族社会をあっという間に席《せっ》巻《けん》した。

この国は王政である。国王には王妃《おうひ》との間に王子が二人、王女が一人いるのだが、実は過去の側妃《そくひ》との間にもお子様がいらっしゃるという噂は前からあったのだった。

そしてその噂の庶子《しょし》は生まれた時に、輝《かがや》く黄金の髪と黄金の瞳を持っていたという。

黄金の瞳が事実ならば、その王女は魔女である。

この国に生まれる魔女は、美しい容姿を持つ人が多いと言われている。

だから王はその魔女であった王女の生みの母の美しさに惑《まど》わされ、騙された。しかし魔女の王女を産んだことによりその女性もまた魔女だったことが露見《ろけん》し、王女と共に追放されてしまった、ということになっている。

が、詳細《しょうさい》は定《さだ》かではない。なにしろその側妃がどこの誰かも、そしてどこへ追放されたのかも全く明らかにはなっていないのだから。

だからそのような真相の曖昧《あいまい》な過去のスキャンダルは今や半分忘れ去られ、その庶子も「幻の王女」として噂だけが残っていた。

それを今頃《いまごろ》になって、この王女をオルセン男爵が発見して、保護したというのである。

あり得るのだろうか？

しかしあのロビンの婚約者マリリンを養子に迎《むか》えたオルセン男爵という人は、かつてはバルマス子爵《ししゃく》夫人が魔女だと暴いた人でもある。

もともとは裕福《ゆうふく》な商人だったという話だし、男爵位を金で買った後も積極的に商業活動をしているようだから、もしかしたら独自の情報ルートがあるのかもしれない。

どの貴族も半信半疑で、事の次第を見守ることしかできないようだ。

オルセン男爵はその間も社交界で得意気にそのことをほのめかしているそうで。

最近は私もパーティーには行っていないから伝聞ではあるが、どうもその保護した令嬢が王女だとオルセン男爵は確信しているようだ。

ますます混乱する貴族たち。

多くの貴族たちが、魔女である王族が本当に存在したときにはどのような対応をすべきなのかと前代未聞の事態に右往左往しているようだった。

そんなとき、その騒動《そうどう》の中心であるオルセン男爵が、とうとうパーティーを開いて保護した娘《むすめ》をお披露目《ひろめ》すると言い出したために、ほぼ全ての貴族たちはそのパーティーの招待状を手に入れようと血眼《ちまなこ》になった。

一男爵、しかもまだ一代目の新興の男爵家のパーティーの招待状を欲《ほ》しがるたくさんの貴族たちを見て、きっとオルセン男爵は喜んだだろう。

それでも貴族たちにはいろいろと思惑《おもわく》があるようだった。本当に王女なのか見極《みきわ》めたいとか、一応縁《えん》をつなげば将来有利になるかもしれないとか、顔を知っておいてトラブルになる前に避《さ》けたいとか、ただの興味本位とか。

そしてここにもきっと思惑があるのだろう人が。

「エレンティナ、君にもぜひ来てほしいな。オルセン男爵は将来そのお嬢《じょう》さんを養女に迎えることも考えているんだよ。そうしたらこのマリリンの義妹《いもうと》になるんだ。ああもしかしたら男爵家ではなくて、もっと尊い方の娘になるかもしれないんだけれどね」

ふっ、と前髪《まえがみ》を掻《か》き上《あ》げてなぜか得意気に言うかつての婚約者ロビンと、

「エレンティナ様、本当にぜひいらしてください。それは綺麗《きれい》な方なんですよ。私、とても鼻が高くって！　ぜひ公爵様とエレンティナ様とも知り合って……いえ出来ればお友達になっていただけたらと思っているんですぅ」

と言うマリリンの二人に直接招待状を渡《わた》されて絶対に来いと言われてしまっては、たとえ本当に多少の熱があったとしても顔を出さないわけにはいかなそうだった。

特にマリリンは、どうしても公爵に来てほしいようで。

でもこうして招待状が向こうから舞《ま》い込《こ》むと私にも断る理由がないというかなんというか。

なにしろ件《くだん》の令嬢は、魔女かもしれないのだ。

本当に噂の王女が本物だとしたら、それは魔女が堂々と社交界にお披露目されるということになるという前代未聞の事態。

いったい他の貴族たちがどう反応するのかとても気になるし、オルセン男爵が堂々とお披露目なんかして、この先その令嬢をどうしたいのかもどうしても気になってしまう。

魔女でないなら問題はない。でも噂通りに魔女だったら。

もしかしたら密かに力になれるかもしれない。それにはまず確認しなければ。

ということで。

「まあ、ありがとうございます。ぜひ伺《うかが》わせていただきますわ」

と、にっこりと猫《ねこ》を被《かぶ》ることにしたのだった。

こうなると、やはり公爵を誘って一緒《いっしょ》に行くのが自然だろう。マリリンにも強く念押しされてしまったし。

今まで頑張ってきた私的な目的のための作戦は、一時中断しないといけないか……。

そうして私は渋々「オルセン男爵のパーティーに一緒に行きませんか」と手紙を書くことになったのだった。

そうしてパーティーの当日、久しぶりに完璧な紳士としての出《い》で立《た》ちでにこにこと上《じょう》機嫌《きげん》で現れたアーデン公爵だった。

相変わらず隙《すき》のない、ほどよく流行も取り入れた服装と綺麗にセットされた髪、そして一点の曇《くも》りもない美麗《びれい》な顔面で、とても嬉しそうな雰囲気《ふんいき》を纏《まと》って立っている。

「……お嬢様、ほんとなんてもったいない……」

そんなエマのつぶやきが、小さく後ろから聞こえてきたぞ。

だがたしかに久しぶりに見ると威力《いりょく》が半端《はんぱ》ない。眩《まぶ》しくて直視できないとはこのことか。

そんな公爵様は、私の顔を見たとたんにぱあっと満面の笑み《え》になって言ったのだった。

「久しぶりですね、エレンティナ。体調は戻りましたか？　とても心配しておりました」

そう嬉しげに私の顔を見つめるそのまなざしは意外なことに、なんら前と変わりなくて。

嬉しげな笑顔《えがお》、優《やさ》しい声、そして全力で振《ふ》られる見えない尻尾《しっぽ》まで。

でもそれは私が彼と会わない間、ずっとまた見たいと実は思っていたものだった。

そう、久しぶりに改めて彼の顔を見て、私は気づいたのだ。

私はこの人と、ずっと一緒にいたかった。私に向けられる公爵の、この嬉しそうなまなざしや声を、本当はずっと独《ひと》り占《じ》めしていたかった。そんな気持ちに。

「……まあ、ありがとうございます。どうもたちの悪い風邪だったみたいで……。でもオルセン男爵令嬢からぜひにとご招待いただいたので、頑張って治しましたの」

それでもお芝居《じばい》は続けるのだけれど。

だって、私の気持ちがどうであろうと、私が魔女である事実は変わらないのだから。

でもそんな私に公爵は、ぱあっとますます嬉しそうな顔になって、

「それは良かった。オルセン男爵令嬢に感謝しないと。では行きましょうか」

そう言って私に腕《うで》を差し出した。

そう、とても優しい人。

でも、だからこそ、私はこの人をこれ以上愛《いと》しいと思わないようにしなければ。

なにしろ今私は、この人を公爵夫人という地位を手に入れるためなら多少の罠《わな》や策略をもいとわないような人たちに、委ねようとしているのだから。

彼は最近知り合った人たちの中に、少しでも気に入った人はいたのかしら。

その人は優しくて思いやりがある方かしら？

そんなことを思いつつ、私はオルセン男爵のパーティーに赴《おもむ》いたのだった。

しかし本来は、新興の男爵家のパーティーに公爵のような高位貴族は出席しないもの。

だから今回アーデン公爵が来たということが、どうやらますます「あの噂は本当だったのだ」と人々に信じさせることになってしまったことを、私は周りの人々の様子で察した。

いやでもこれは私のパートナーとして来てくれたのであって、そして私は知ってのとおりロビンとマリリンという、ある意味縁の深い二人から招待され……。

ああ貴族社会面倒《めんどう》くさい。

でも今日だけは伯爵《はくしゃく》だって侯爵だってみんな来ているじゃないか。

私はどうしても魔女の噂を確認したかったのよ……。

だけれど周りの視線にびくびくしている私の横で、当の公爵は相変わらず我関せずといった態度でのんびりと私に付《つ》き添《そ》っていた。そして近づいてくる令嬢たちに囲まれそうになると慌《あわ》てて私をつれて逃《に》げ出《だ》すのも相変わらずだ。

いやむしろ心なしか逃げ方が上達しているような？

考えてみたら、爵位の高くないお家《うち》の令嬢たちがアーデン公爵と直接知り合える機会はあまり多くはない。

だから、もうここぞとばかりにいろいろと公爵に話しかけようとしているのがわかるのだが、この公爵ときたら。

相も変わらず他の令嬢たちには塩対応で婚約者を溺愛《できあい》する演技に没頭《ぼっとう》しているのだった。それはもう迫真《はくしん》の演技で、令嬢たちにはさりげなく背を向けて私だけをうっとりと見つめ続け、そして決して私の側から離れない。

「エレンティナ、体調は大丈夫？　どこかで少し休もうか？　それとも何か飲む？」

とか言いながら、私の腰《こし》から手を離さない男。それがアーデン公爵。

超絶《ちょうぜつ》美麗なその姿の後ろで、ぶんぶんぱたぱたと振られる幻の尻尾は出っぱなしだ。

私がすっかり食《く》いしん坊《ぼう》なのもバレているので、

「そういえばあちらに君の好きなケーキがあったよ」

とか、

「ああ食べるのはいいけれど、今日はお酒は控《ひか》えめにしたほうがいいね。酔《よ》いが回ってはいけない。アルコールのないものを頼《たの》もうか？」

などなど、病《や》み上《あ》がりの私をこれでもかと甘やかす。おかげで今まで頑張って作り上げ

た「公爵との不仲説」が一瞬にして吹《ふ》っ飛《と》びそうな気がしていた。

「あの、私のことはお気になさらず……」

私は若干遠い目だ。

一人で立っていれば燦然《さんぜん》と輝くその美貌《びぼう》でドレスの山に囲まれてきゃあきゃあ言われるだろうに、しばらく会っていなかったにもかかわらずなにこのデジャヴ。

うん。ぜんぜん、変わっていなかった……。

おかしいな、最近彼は沢山の令嬢たちと知り合ったのではなかったのか。

その内の誰とも全く進展はなかったということなのか？

誰か素敵な人と恋《こい》に落ちて、今までの婚約者をうとましく思うはずではなかったのか。

私のやってきたことは全て徒労だったのか⁉

すっかり困惑《こんわく》する私。

でもどこぞの侯爵令嬢と何度もデートしていたのよね？

そのご令嬢はどこですか。もう彼は私のものなのよと、どうして公爵を奪《うば》いに来ないのか。まだ婚約者でいる私を睨《にら》みつけたりする人はどこ？　なぜぜんぜん見当たらないの？

そう困惑して、つい、

「そういえば公爵様は、最近は何人かのご令嬢とお出かけしたりしていたとか。その中に、どなたか気に入った令嬢などいらっしゃいました？」

たとえば三回会ったというブローレスト侯爵令嬢とかなんちゃら男爵令嬢とか？　と、とうとう好奇心《こうき》にも負けて聞いてみたところ。

「……？」

なぜか困惑した表情で見つめ返されたのだった。

せっかくの美しい顔の眉間《みけん》にシワが寄り、でもその渋《しぶ》さでますます色気が増したとはこれいかに。今、近くで誰かご令嬢が転びそうになってたよ？

って、いやそうではなくて、あれ？

「えーと、そんな噂を聞きましたもので。いろんなご令嬢とお散歩したり、お芝居を観《み》たりされたのでしょう？　お友達がたくさん出来て良かったですね」

もちろん私はにっこりと微笑みつつもさらに切り込んだ。しかし。

「……それは初耳です。そんな記憶《きおく》は全くありませんが」

「はい？」

「だいたいよく知らない誰かと散歩したり芝居を観たりなんて、したいとも思いません。もちろん相手があなたなら別ですが」

「え？　でもお散歩に行ったりしませんでした？　たとえばブローレスト侯爵令嬢とかと」

「いいえ？　それにブローレスト……？　ああ、あの法案に反対している……へえ、お嬢さんがいたんですね」

「え？　令嬢をご存じない……？　でも私、お散歩したって聞いたんですが」

「全く覚えがないですね。そもそもあなたとなら散歩も楽しいでしょうが、普段《ふだん》私は特に散歩が趣味《しゅみ》というわけでもありませんから。他の誰かと散歩に行く意味がありません」

「ええ？　じゃあ他のご令嬢とも」

「なぜ私が行かなければならないのです？」

「あれ？」

とても不思議そうにそう言うアーデン公爵が、嘘を言っているようには見えないのが反対に不思議だった。

では、私が聞いてきた数々の浮名《うきな》は？　次から次へと出てきた令嬢たちはどこに行った？

「もうあなたという相手がいるのに、他の女性と出かけたりなんて仕事でもないかぎりしませんよ。そもそもめんどくさい」

「めんどくさい」

「今日は久しぶりに家を出ました。さすがにあなたからのお誘いなら喜んで出ます。でもそんなことでもなければ、基本家からは出たくありません」

「久しぶり……？」

「はい。前に家を出たのはいつだったかな。ああ、君とパーティーに行ったときか。君を家へ送って帰ってからは、基本家から出ていません。今は議会の召集もありませんし」

「ええ……でも私、そんな噂を確かに聞いたのですが」

しかも次から次へとたくさん聞いたのですが⁉

「？　ああ、そういえばお誘いはいろいろ来ていたようですが、めんどくさいので全部執《しつ》事《じ》と秘書に断らせました」

「ええええ……そんな……じゃあまさか誰とも会っていない……？」

じゃあ、私の今までの努力は⁉　とはさすがに言えなかったが。

「なぜ会う必要があるのです？　目的もなく誰かと会うほど私は暇《ひま》ではありませんし、時間の無駄《むだ》です」

心から不思議そうにそう言われたら、もうどう返していいものやら。

じゃあ私の聞いたあの数々の噂は……？

私は、改めて噂のいい加減さに呆《あき》れたのだった。

まさかの全部、嘘……。

たしかに公爵をお誘いしたのにあっさり断られたなんて、なかなかプライドもあって言えなかったのかもしれない。令嬢同士で誰がアーデン公爵を真に射止めるかなんて会話をしていたら、そこで見栄《みえ》を張りたい人もいたのかもしれない。

他の令嬢を牽制《けんせい》するためなのか、それとも私に公爵を諦めさせるためなのか。

何が真実かはさっぱりわからないが、もしかしたらそういう様々な思惑が重なった結果の噂の一人歩きだったのだろうか。

まさか見事に全部、嘘とは。

さすがに私も噂好きのご婦人方からの伝聞よりも、公爵本人の言葉を信じる。

しかし開いた口が塞《ふさ》がらないとはこのことである。

だってつまりは、私の努力は全部徒労だったということなのだ！

唖然《あぜん》とする私の傍《かたわ》らで、公爵本人が何を当たり前のことをとでも言うように、きょとんとしながら私のことを見つめていた。

じゃあなに？　この人、ずうっと引きこもっていたの？

ということは、公爵のお家の前でわざわざ馬車を故障させたどこぞの令嬢も、もしや執事が対応してさっさと送り返されたということか？　たしかに考えてみれば、主人が対応しなくても執事がその場はもてなして馬車の修理を手配すればいい話ではある。

……普通《ふつう》はどんな理由であれ家に人が来たら、主人として一応は顔を出して挨拶《あいさつ》をするものだと思っていたのだけれど。

しかしこの公爵は、そんなことは全て「めんどくさい」の一言で終わらせたのかもしれない。うん、この様子ではやりそうだ。

なんというかこの人は、きっとずっとお家に引きこもっていても平気なタイプの人なのだろう。そして実際に、普段から可能な限り引きこもる人なのだ。

どうりで、かつての私も名前は知っているのに顔を知らなかったはずである。

これは手強《てごわ》い……。

私は他の令嬢と公爵が知り合うきっかけがとっくに、完全に失われていて、全く何も始まってさえもいなかったことにショックを受けた。

もうじゃあ、どうやってこの婚約を破棄してもらえばいいの……。

まさか、もう魔女であると告白するしかないのか……？

そんな風に途方《とほう》に暮れてしまったとき。

ちょうどオルセン男爵が得意気な様子で壇上《だんじょう》に上がったので、そろそろ本日の主役のお披露目が始まるようだった。

私と公爵は会話を止め、会場の隅《すみ》に移動して事の次第を眺《なが》めることにした。

ここで公爵が目立ってはいけない。公爵の存在がそのお嬢さんの立場の箔付《はくづ》けに使われてはいけないのだ。私たちは傍観者《ぼうかんしゃ》。そういうことで。

オルセン男爵は壇上で、ひたすら得意気に語っていた。

「──そしてそのとき、私は気づいたのです。庶民《しょみん》には珍《めずら》しい、美しい金髪《きんぱつ》の娘が寒さに震《ふる》えていることに！」

どうやら下町を歩いているときに、件の令嬢を見つけたようだ。たしかに金髪や碧眼《へきがん》といった「美しい」とされる要素は貴族に多い傾向《けいこう》があった。

それは我が国の貴族たちがそのような外見を好むせいで、金髪や碧眼といった要素を持つ娘などは昔から貴族の養子に迎え入れられたり直接婚姻《こんいん》したりしやすいからということの裏返しでもある。

そんな背景もあったので、見事な金髪を持つマリリンをすでに養子に迎え入れているオルセン男爵は、その娘にも注目したのだろう。

「さらにその娘の目を見て、私は驚《おどろ》きました。なんとその娘の瞳は、美しい金の色ではありませんか！　そのせいで可哀相《かわいそう》に、その娘は家族の中でもとても冷遇されていることを私は知りました」

オルセン男爵は、大袈裟《おおげさ》な身振《みぶ》りでなんて可哀相なのだと同情を全身で表現していた。

オルセン男爵は、その娘が魔女として家族の中で不遇《ふぐう》な目にあっていたのだと言った。

もちろん貴族でなくても「魔女」は追放の対象である。ただ、庶民だとお金の問題もあって魔女の判定自体がそう簡単には行われず、また単純に働き手が足りなかったり密かに利用したい人間が庇《かば》ったりするので、貴族社会ほど追放は徹底《てってい》されていなかった。

だからその娘も魔女だと疑われてはいたものの、追放にはいたらなかったのだろう。

「可哀相に思った私はその娘を引き取りました。それほど酷《ひど》い境遇《きょうぐう》だったのです。私が不思議に思って話を聞いたところ、その娘はあの冷遇していた家族とは実は血が繋《つな》がっていないのだと言いました。そして彼女は、なんと実の親の形見を所持していたのです」

そこでたっぷりと時間をおいて、オルセン男爵は会場中にひしめき合う貴族たちの顔を得意気に見渡《みわた》した。

そしてもういいころだと判断したのだろう、とても意味深な口調で、重大な秘密を打ち明けたのだった。

「彼女は、本当の親の形見だという、大変珍しいブローチを私に見せてくれました。するとなんとそこには……ああ本当になんという驚きでしょう！　さる……ええ、もうそれはたいへんに高貴な、さる家系の紋章《もんしょう》が刻まれていたのです……！」

会場の人々がはっと息をのんだのを、後ろで聞いていた私も感じた。

かつて「幻の王女」が追放されたとき、それでもその王女には身分を証明する証拠《しょうこ》の品を持たせたという話は、貴族の間ではそれほど秘密ではなかった。

ただ、それがブローチなのかどうなのかは私は知らない。

でももしそのブローチに本当に王家の紋章が入っていたのなら、それは王家の所有物であったということになる。なにしろ王家の紋章を偽造《ぎぞう》したなんてことがバレたら、即刻《そっこく》反逆罪で死刑なのだから。

だからそれを持っているのは、王族本人か、王から賜《たまわ》った人だけということだ。

オルセン男爵は、この人々の反応にいたく満足したらしく、ますます意味深に続けた。

「私はその娘を引き取ったあと綺麗に洗ってやり、清潔なドレスを着せました。するとどうでしょう。その娘はとても美しく、そしてさる高貴な方と顔立ちがどことなく似ているように思えたのです。いえいえ、もちろんそれは私の主観でございます。しかし私にはどうしても、そう思えてならないのです」

そしてオルセン男爵は、会場の入り口までもったいぶって歩いて行った。

「ですのでその判断は、みなさまにお任せしようと思います。私は彼女を養女に迎え、暖かい部屋と食事、そして安心できる生活を与《あた》えてやるつもりです。それでは私の新しい娘、マルガリータをご紹介《しょうかい》します。マルガリータ、おいで。さあ、その美しい姿をみなさまにご披露《ひろう》しようじゃないか！」

そして男爵に呼ばれた令嬢が、しずしずと入ってきたのだった。

オルセン男爵の言うとおり、令嬢らしいドレスを身にまとって登場した令嬢は、とても美しかった。煌《きら》めく金髪、ぱっちりとした、黄金……の……？

その令嬢を見た瞬間《しゅんかん》、私は違和感《いわかん》を覚えた。

黄金の……瞳？

いいえ、あれは、ただのシトリンの色。黄色いけれど、そこに私や他の魔女たちの瞳が持つような強い輝きは感じられなかった。

確かに本当の魔女の瞳を見たことのない人ならば、もしかしたら誤解するかもしれないほどには黄色い瞳。でも。

私にはわかった。あの令嬢は、魔女ではない。

しかしそれは、私が魔女だからこそ。本物の魔女や魔術師と共に育っているからこそ見分けられることでもあった。

現に隣《となり》の公爵は、かすかに眉間にシワを寄せてはいるものの、いつものクールと言えばクールな無表情で彼女のことをただ見つめている。

しかしほどなくして、その私の結論は裏付けられた。

オルセン男爵が、コホンと一つ咳払《せきばら》いをしたあとに言ったのだ。

「紹介しましょう。こちらが、私が今回保護したマルガリータです。彼女はその昔『魔女』として追放されたために、この十六年という長い歳月《さいげつ》の間とても不幸な生活を送ってきました。しかし彼女が大変珍しい貴重な形見をそうとは知らずに持っていたお陰《かげ》で、私は彼女がただの不幸な平民の女性ではないことを知ったのです」

紹介された令嬢は、慣れない場に引き出されてとても緊張《きんちょう》しているようだった。

しかしそんな彼女の隣で、それはそれは上機嫌で一人語り続けるオルセン男爵。

「私がこのマルガリータを見つけ出し保護することができたことは大変に幸運でした。魔女だというのは誤解だった。私はあらゆる有識者にこの娘を見せ、そしてその全ての人物から彼女が魔女ではないと保証されたことを今ここで発表いたします！」

そうして会場中が安堵《あんど》によるどよめきと拍手《はくしゅ》で満たされたのだった。それはよかった、めでたいと口にする貴族たちも多かった。もはやこの流れで、今お披露目されている若い女性が本物の王女だと確信している人も多そうだ。

なにしろ、そういえば噂の庶子の王女の名前がたしかマルガリータだったから。

しかし私には、他の人々とは違う疑問が浮かんでいた。

もし彼女が本当に王女なのに魔力がないのだとしたら、なぜ彼女は十六年もの間、不遇な境遇の中に放っておかれたのだろう？

そしてなぜあの瞳を見れば魔力のないのが一目瞭然《いちもくりょうぜん》なのに、生まれたときにすぐに魔女と判定されたのだろう。

たしかに一般《いっぱん》の貴族ならば、魔女の黄金の瞳を見たことがない人は多いかもしれない。

しかし仮にも王の子として生まれた赤ん坊の魔力の判定が、そんな杜撰《ずさん》なものだとは思えなかった。

なのになぜ、誤判定されたのか。

私は何か釈然《しゃくぜん》としないまま帰宅したのだった。

あの後は件のマルガリータという令嬢を、あっという間に貴族たちが取り囲んでいた。

魔力のない王女がもう一人誕生するのだとしたら、今のうちから少しでも取り入っておこうとでも思うのだろうか。

様々な思惑でその令嬢と縁をつなごうと沢山の人が頑張っていた。

そしてそんな貴族たちの中で、オルセン男爵はこの上もなく鼻高々のようだった。

しかし私は腑《ふ》に落ちない。仮にも王家の血を引く娘であれば。

その子が魔女だと判定されたのなら、どうしてあの学院に送られなかったのか。

母が魔女だったのならば、その生家を通じて極秘《ごくひ》に、かつすみやかにおそらくはその母の母校でもあるあの学院に収容される案件である。

なのに、なぜ市井《しせい》に放置されていたのか？

そう考えたとき、思い出したことが一つあった。

「紋章入りのブローチ」と聞いたときに浮かんだ、あの学院でのとある出来事。

かつて私はあの学院で、まさしく「紋章が入っているブローチ」を頼まれて「隠した」ことがあったのだ。

当時は私もまだ子どもであまり気にしていなかったのだが、今思うとあれは王家の紋章だったような気がする。

そして彼女は……マリーは、確《かし》かに「母の形見」と言っていた……。

もちろん紋章が入ったものを下賜されることはある。たいていは人々の前で王から直々に贈られて、その後はその家の中で家宝のような扱《あつか》いになって大切に保管されることになるだろう。しかし個人の持ち物としてそういうものを持っていたということは、個人的に王家の人間から贈られたとみるべきで。

あの時の私はまだ子どもだった上に「外の世界」にも疎《うと》くて、よく考えもせずにただ単にそれがお母様の形見なら大事なものよね、と快くその紋章を見えないように「隠す」魔法をかけてあげたのだ。

ついでにマリーと相談して宝石の見かけの色とデザインも変えた。

その結果、その高価そうで華《はな》やかなブローチは地味なデザインのありきたりな模造品のように見えるようになった。他人から見たらたいして魅力《みりょく》のない、子どもが持っていても違和感のない安っぽいブローチ。

でもマリーから見たら、それは唯一無二《ゆいいつむに》の大切な母からの贈り物《もの》。

マリーはとても喜んでくれて、その美しい黄金の髪と黄金の瞳をキラキラと輝かせながらお礼を言ってくれたものだった。

彼女も高い魔力を持つ魔女の例に漏れず、とても美しい子だったっけ……。

彼女はたしか、帰るべき先がないとのことでまだあの学院にいるはずだ。

……あのマリーの方が、本物っぽくない？

年齢《ねんれい》もたしか今十六歳くらいになっているはず。

魔力を赤ん坊の時に認められて親の顔を覚える前からあの学院で育つ子は少なくはなか

ったが、たいていそういう子でも身元はちゃんとわかっていた。どこの家の子で誰が親か。でもマリーはたしか、捨て子だったはず。あの母の形見というブローチと共に学院の前に捨てられていたと私は聞いていた。つまり、身元がわからない。

しかしその形見には王家の紋章が入っている……？

そんな物を持っている子だったら捜《さが》す親族や関係者がいてもおかしくはないのに、そういえばマリーを捜しに来たという人は、私の知る限り一度も現れていなかった。

「………」

一度疑いを持つとなかなか頭から離れないものだ。

そんな風にもやもやと私が考え込んでいたら、しばらくして、なんとそのマルガリータ嬢をオルセン男爵が結婚させようとしているという話が私の耳に入ってきた。

あれだけ「王の娘」説を熱心に煽《あお》っていたオルセン男爵が、次は何を考えてそんなことを言い出したのだろう？

私は両親との夕食の席で母からその話を聞いて、とても驚いた。そしてなんと父もその話を聞いていたらしいことにさらに驚いた。

「そんな話も出ているらしいね。一部の貴族が、オルセン男爵としてはどこかの高貴な家に嫁《よめ》に出して格上の家との関係を強めたいのだろうと噂している。もともとあの家は金で男爵位を買った上昇《じょうしょう》志向の強い家だしね。それにあの令嬢を王女と確信したらしいいくつかの家から、すでに打診《だしん》もあるという話だよ」

私の父はあまり政治や家同士の抗争《こうそう》に興味はないのだが、それでもそんな話を知っているということは、今は社交界がその話題でもちきりなのだろう。

私の母も普段は大人しい女性なのだが、最近は私が公爵と婚約したことで、あちこちのお茶会に引っ張りだこになっている。今回もそこでこの話を仕入れたようだ。そんな母は、

「男爵家が保護した平民のお嬢さんが誰と結婚しようが、当人同士が良いなら本来興味はないのですけれどね。ただその相手にアーデン公爵を狙《ねら》っているという噂があるのはちょっと気がかりね」

と顔を曇らせていた。

「最初に養女にしたマリリン嬢が伯爵家の次男と婚約してしまったから、次こそはという話は聞くね。アーデン公爵はもううちのエレンティナと婚約しているというのに、失礼な話だ」

父も不満げだ。

「本当にそうですよ。でも王家が万が一その方を王女だと認定《にんてい》したら、王女の降嫁《こうか》先として一番良いお相手なのは確かですわ。もしもそうなってしまったら……」

「もしも王家から通達があったら、我が家は遠慮《えんりょ》するしかないだろうな。残念だが……」

すでに両親は半分諦めているようだ。

さすがに王から婚約を解消せよと言われたら、私たちにイエス以外の返事はない。

もしもそうなったら。

私は、自由になる。それは当初の目的であり目標だったもので。

それならば、いいんじゃない？　もしあの令嬢が王女だったのなら。

このままアーデン公爵はその身分に相応《ふさわ》しい魔力のない王女を娶り、私は彼との思い出とともに学院に帰る。

それはおそらく、誰も困らないハッピーエンド。

あの令嬢が王女という身分で嫁《とつ》ぐなら、公爵家の格もさらに上がり家系に魔女が生まれることもなく、そして私は自分の能力を生かした仕事ができる。なんて素晴らしい。

あのシトリンの瞳のお嬢さんがアーデン公爵と寄り添うところを想像したら、なぜか心の奥のどこかがつきりと痛んだけれど。

でもそれはきっと、一時のこと。

だから、そう。私の寂しさは、隠すべき。隠すのは簡単だ。私は「隠す」のが得意なのだから……。

と、思っていたのだ。思ってはいたのだが。

しかし王宮が事態を重く見てそのシトリンの瞳のマルガリータ嬢を王宮へ召《め》し上《あ》げてから、もう何日も経《た》っていた。

巷《ちまた》では、本物だから慎重《しんちょう》になって時間がかかっているという人たちと、いや疑わしいから時間がかかっているのだという人とに分かれて議論され、不穏《ふおん》な空気が漂《ただよ》っていた。

自信満々で意気揚々《いきようよう》なのはどうやらオルセン男爵だけらしい。

彼はあのお嬢さんが王女だと確信しているのだろう。

そしてとうとうどこぞのパーティーでアーデン公爵に、しかも首相《しゅしょう》の目の前で、

「アーデン公爵のような高貴な身分のお方には、貴族の令嬢などよりも王女の方がお似合いですよ。そういえばここだけの話、実は先日のお披露目の時に、あの子が貴公を見初《みそ》めたようでしてなあ」

とやったらしい。

今は私が公爵とパーティーに出るのを出来るだけ遠慮しているので、オルセン男爵はおそらくそんな私のいない時を狙ったのだろう。

彼と会うと、最近なんだか心が苦しい。でも会いたい。でもそれはいけないこと。

そんな葛藤《かっとう》に苦しくなった私は、もうどうしていいかわからなくて、最近では家に引きこもることが多くなっていた。

だからそんなオルセン男爵の話を他から聞いても、私はその人に、その時公爵はどう答えたのかも聞けなかった。

そんな話は笑い飛ばしてほしい。もう私がいるからと、きっぱりと断ってほしい。

ついそんな気持ちがわき上がってしまって、もうどう反応すればいいのかもわからなくなってしまったのだ。

でも、もしあの令嬢が本当に王女だったとしたら。

（そうしたら本当に、明らかに、こんな一介《いっかい》の伯爵令嬢なんかより相応しい……）

そんな割り切れない気持ちでいるうちに、そのマルガリータ嬢が一向にオルセン男爵のもとに帰される気配がないことで、貴族たちの間ではどうやら彼女を王女と認める方向に動いているのではないか、もう王宮の奥で、王女としての生活を始めたのではないか、そんな憶測《おくそく》がとうとう流れ始めた。

あの令嬢は本当にマルガリータ王女だったらしい。今は王宮の奥で、正式にお披露目するために王女としての教育を受けているのだろう。

そんな認識《にんしき》になりつつある。

あの瞳の色が、生まれた時に誤解されてしまったのだ。追放は間違《まちが》いだった。

しかしそんな説がまことしやかに流れ始めると、それに比例するかのように、私は心の中にしまったはずの疑惑がもやもやと大きくなっていくのを止められなかった。

私は考えてしまったのだ。アーデン公爵のこれからを。

いや、いいのよ。誰もが憧《あこが》れる麗《うるわ》しの公爵が、「実は王女だった令嬢」と結婚するとしたら、それは非常にめでたいことだ。

不遇の王女が家族と再会し、麗しい高貴な男性と結婚する。なんて素敵なおとぎ話。

この場合、私の気持ちは問題ではない。貴族の結婚というものは、そういうものだから。

家の格、身分、財産、そういうものの釣り合《つあ》いが一番大事なのだ。

それに今、身分的に王女が降嫁する先として誰が見ても納得《なっとく》のいく独身男性といえば、アーデン公爵が筆頭なことには違いないのだし。

まあ順当ですね、そうでしょうねという話である。

だからその時がきたら私はきっと頑張って笑って、おめでとうと言うのだろう。

(……でも、その「王女」が万が一偽物《にせもの》だったら?)

もし、万が一にも偽物だと後からわかってしまったら、天下の名家アーデン公爵家が嘘つきの平民を娶ったことになってしまうのでは?

そうしたら、アーデン公爵もただではすまなくなる。結婚した後のスキャンダルならば、それはアーデン公爵家のスキャンダルとなるのだから。

王族ともたびたび婚姻するような名家アーデン公爵家が、騙されて貴族でもない女を娶ったと笑われてしまう。

しかもそんなことになった時に、すでに跡取《あとと》りが生まれていたらなおまずい。

高貴な名家アーデン公爵家の跡取りに半分しか貴族の血が入っていないというのは、他の貴族の人たちからの蔑《さげす》みの対象になるかもしれない。

なにしろ私の見てきた貴族なんて、血筋がなによりも大切な人たちなのだから。

でも私は、アーデン公爵がどんなに真面目で優しい人なのかを知っていた。

とても穏《おだ》やかで純粋《じゅんすい》な人。特別顔がいい引きこもり。

そんな彼が、まんまと騙されたと貴族中の笑いものになる可能性を私としてはどうしても見過ごせなくて。

疑いつつも黙《だま》っているのは、とっても後悔《こうかい》しそうな気がし始めてしまって。

仕方がないので私は散々悩《なや》んだ挙げ句、密かにアーデン公爵に会いに行くことにしたのだった。

考えてみれば、公爵がエスコートのために私の館の玄関《げんかん》先まで来たことはあったが、反対に私が公爵邸《てい》に行ったことは今まではなかった。

大抵《たいてい》会うときは公園で散歩かお店でお買い物か、またはお店でお茶をするかパーティーに行くか。いわゆる一般的なデートしかしたことがなかったから。

でもそれだけでも結構人柄《ひとがら》ってわかるものなのね。そして今思うと結構楽しかったわね。

最初の緊張して全然話さなかった頃に比べたら、最近では随分《ずいぶん》と私には気を許してくれるようになった。なんというか、懐《なつ》いたというか。

幻の耳を寝《ね》かせて尻尾を嬉しげにフリフリしているのが見えるような、そんな風情《ふぜい》でたたずむ美貌の公爵を眺めているのは、なかなか楽しかった。

そんな公爵様が私の視線を捉《とら》える度《たび》に、にっこりと微笑み返してくれるのが好きだったな……。

だからそんな彼のために、私は一度だけ忠告をしよう。

後悔のないように、慎重に見極めてほしいと。必要なら再調査もしてほしい。そして納得のいく決断をしてほしい、と。

そんなことをぼんやりと考えているうちに、馬車は公爵邸に着いたようだった。

先触《さきぶ》れもなく突撃をすることにちょっと緊張しながら馬車を降りてみると、そこには巨《きょ》大《だい》で壮麗《そうれい》な建物がそびえ立っていた。

え？　これ、個人のお家なの……？

田舎《いなか》の邸宅《ていたく》ならまだしも王都の、つまりは人口の多い都市部でこの大きさ……？

「すごいですね……これで、本当に一軒《いっけん》なんですか？」

付き添いのエマが、口をあんぐりと開けて言う。

私も完全に同感だった。なにしろ敷地《しきち》の端《はし》が見えないよ？

私はちょっと動揺《どうよう》しながらも、だからといっていまさら怖《お》じ気《け》づいて帰ることも出来ず、ドキドキしながら威厳《いげん》たっぷりの呼《よ》び鈴《りん》を鳴らしたのだった。

しばらくして、執事らしい老紳士がドアを開けた。

「突然の訪問をお許しください。わたくしエレンティナ・トラスフォートと申します。今、アーデン公爵はご在宅でいらっしゃるかしら？」

とりあえずは精一杯《せいいっぱい》の淑女《しゅくじょ》らしい微笑みを浮かべつつ自己紹介をする。本当の淑女ならばこんなに突然紳士のお家を訪ねたりはしない、というのは今は考えてはいけない。

しかしてこのおそらくは公爵家の老執事、さすがのプロで全く驚きを顔に出さず、うやうやしくお辞儀《じぎ》をして言ったのだった。

「……トラスフォート伯爵令嬢ですね、ようこそいらっしゃいました。只今《ただいま》主人を呼んで参りますのでどうぞお入りくださいませ」

そうして通されたのは、やはり壮麗というほかはない、大名家アーデン公爵家の威光《いこう》がこれでもかと詰《つ》め込《こ》まれた応接室だった。

……これに比べたら我が伯爵家なんて、あばら屋かもしれないわね……。

私は一人になったとたんに、ついキョロキョロしてしまったのだった。

そして思った。うん、この館の女主人なんて、無理。

こんな目が飛び出そうなくらい高価な品々がゴロゴロしている館を把握《はあく》して管理するだなんて、とてもじゃないが荷が重すぎて私には出来る気がしない。

わが伯爵家だってそれなりにしつらえられてはいるけれど、いやはやこんな気の遠くなるような威圧《いあつ》的な個人宅なんて、存在することも知らなかったよ。レベルが違った。

これはよっぽど高貴な女性、たとえば王女様くらいの人でないとこんな所で当たり前な顔をして暮らせないのでは。

この、実は平民とあまり変わらない育ち方をしてしまった伯爵家の娘なんて全くお呼びではなかった。そう悟《さと》ってちょっと悲しくなった私。

そして一瞬、降嫁してここの女主人となった王女がこの部屋に庭で摘《つ》んだ花を生け、それを眺めるアーデン公爵がその美しい妻と花の香りに思わず微笑む、そんな光景が私の頭の中に浮かんでしまい動揺する。

思い返せばあの公爵が、私の前で私以外の女性に微笑みかけたところを今まで見たことがない。だからきっと自分で想像したそんな公爵の姿に、ちょっとだけ驚いたのだろう。

でもあの基本的には人に興味の無さそうな男でも、さすがに自分の家の中で自分の奥さんにだったら微笑みかけるよね。

最初は慣れなくても、何年も一緒に過ごしていたら、さすがにあの男も慣れる。

そうしたらきっと今の私に懐いたように、いやそれ以上に自分の奥さんに懐いて、まっすぐに愛するに違いない。

美しい王女と麗しい公爵が寄り添う姿。

その時浮かんだ絵になるその想像上の二人のうちの一人が、あのシトリンの瞳の「王女かもしれない令嬢」ではなく、かつて学院で知り合った美しいマリーの姿だったことに私はふと気がついた。

そうよね。だって、あの子が王女ではおかしいもの。

王家の、隠したとはいえれっきとした「王女」が、いくら生母が亡《な》くなったからといってそのまま放置され、王家の把握していない人間の手に渡《わた》ったままとは思えない。

そんなことを考えていたら、扉《とびら》が開いて先ほどの執事が入って来た。

すっと上品にお辞儀をして言う。

「お嬢様、大変申し訳ございません。主人は今、手が離せないようでして。もしお嬢様がよろしければ主人の所までご案内させていただきます」

「あら、わかったわ」

あの引きこもりの男は、一体何をしているのだろう？

思わずそんな興味が湧《わ》いて、二つ返事でいそいそ執事について行くことにした私だった。

長い長い豪華《ごうか》な廊下《ろうか》をひたすら歩き、たくさんの扉の前を過ぎ、もうここで執事が消えてしまったら、絶対に最初の応接室には戻れないだろうと私が確信してさらに随分たった頃、執事がとある巨大なドアをノックして言ったのだった。

「ご主人様、お客様をお連れしました」

ガチャ。

ん？　執事、結構強気だな？　主人の返事を待たないとは。

と思ったのだが、次の瞬間には目の前に広がる光景に目を奪われて、そんなことはあっさりと頭から吹き飛んでしまった。

その部屋は一面、魔法陣《まほうじん》で埋《う》め尽《つ》くされていた。

広い広い、しかし薄暗《うすぐら》い部屋の中に無数の青白く光る魔法陣たち。

ふと、昔似たような光景を見た記憶が突然私の脳裏に蘇《よみがえ》った。

そう、それはまだ子どもの頃、たくさんの魔女とごくごく少数の魔術師たちの集《つど》う学院で。

みんながその瞳を黄金色《こがねいろ》に輝かせないための術を、魔法を発動させない術を完璧に身につけて一日でも早く親元に帰りたいと願っていたというのに、その中でただ一人、そんな努力を全くせずにひたすら魔法陣を描《えが》いていた変人の姿。

このお兄さんは両親のもとに早く帰りたくはないのかしらと、私はいつも不思議に思いながら眺めていたものだった。

けれどもその人は、その美しい黄金の瞳をさらにキラキラとさせて、いつも生き生きと学院の庭の砂地に魔法陣を描いては教師に消されていたのだ。

魔法陣を見るのは、その時以来だ。

そんなことを私がぼんやりと思い出していたら、その部屋の中心にうずくまっていたらしい人が慌てて立ち上がって叫《さけ》んだ。

「セバス！　この部屋には誰も……エレンティナ⁉」

その声の主は、アーデン公爵だった。

しかし今叱責《しっせき》されたはずの執事セバスは、しれっとした態度で答えたのだった。

「ノックしましたがお返事がありませんでしたので、お取り込み中と判断してお嬢様をお連れしました」

「そんなはずはないだろう。ノックがあったらちゃんと聞こえるように、ノック音を増幅《ぞうふく》させる魔法陣をこの前ここに……おっと」

……いや何をいまさら、うっかりまずいことを言ってしまったとでも言うように口を押さえているのかしら？

その台詞《せりふ》よりももっとまずい光景がすでに私の視界いっぱいに展開されているというのに、何をいまさらしらを切ろうとしているのか？

「……その魔法陣、壊《こわ》れているようですわね？」

私はオロオロと目を泳がせている美貌の公爵様を前に、ピキピキと青筋をたてつつ言ったのだった。

「それではご主人様、お嬢様、ごゆっくり。後ほどお茶をお持ちいたします」

そう言って、しれっと執事は部屋を出て行った。

なんとなく、あの執事はこの状況《じょうきょう》をわざと作ったのではないかと思った私だった。

確信犯、そんな言葉が脳裏《のうり》をよぎる。

「あの……エレンティナ、これには訳があって……」

「ほう？　どのような？」

「えーと……えーと、あー…………魔法陣はとても便利で素晴らしい技術なんだ……」

そして観念したかのように、がっくりと肩《かた》を落として公爵は言ったのだった。

そうなんでしょうね、そう言いつつも私は理解した。

この人、「魔術師」だ。

なぜか今も瞳は黄金ではないが、その正体は魔術師なのだ。

天下のアーデン公爵様が。

王族とも縁戚である血筋の人が。

それは、この国最大のスキャンダルになるのではなかろうか……。

魔女を徹底的《てっていてき》に追放している親玉である王のこんな近くに「魔術師」がいるとは、まさか貴族の誰一人《ひとり》として想像もしていないだろう。

よく隠してこられたものだ。

あ、だから引きこもっていた……のではないな。

私は部屋中に無秩序《むちつじょ》に描かれた魔法陣の山を見て、そう確信した。

この人、好きでこの部屋に引きこもっているんだな？

薄暗い中でよくよく見ると、公爵は初めて会った時のように髪の毛は洗いざらしのボサボサのままで、そして床《ゆか》を見れば最初は着ていたらしい上等な上着が部屋の隅に放り投げられている。

なるほど、あれを「拾って着る」のね……。

こんなところで初めて会ったときの疑問の答えが得られるとはね。

公爵は今、盛大《せいだい》なイタズラがバレた男の子のような顔でオロオロと私の顔を窺《うかが》っていた。

けれども私はその時はただ、あの学院の庭でかつてよく話していた、砂地に魔法陣を延々と描いていたあのお兄さんときっと気が合うだろうな、とぼんやりと思っていた。

もしかしたら魔術師に生まれた男の子には、魔法陣がとても魅力的に映るのかも？

「あの……ごめん」

「はい？　何を謝っていらっしゃるのかしら？」

「隠していたこと」

「そうですねえ、驚きました。けど」

「けど……？」

「まあ、私も『魔女』ですから、おあいこですね」

私がそう言うと、アーデン公爵は突然ぱああっ、と顔を輝かせて言った。

「良かった！　さすがエレンティナだ！　あのね、ここは私の秘密の部屋でね、他の誰にも入らせないようにしているんだけれど、もちろんあなたは特別だよ。そうだ、こっちの魔法陣を見る？　今描いている最新の魔法陣なんだけど、最近思いついた理論を活用しているんだ」

心から晴れ晴れと嬉しそうな顔になって、うきうきと語り始める公爵の姿がそこにはあった。

「公爵様……？」

「うん？」

「あの、私が魔女という情報は気にならないのですか？」

「え？　だって知っていたから」

「はい？」

けろりとそう言う公爵に、唖然とする私。

知っていた？　いつから？

そんな気持ちが顔に出ていたらしい。

「あなたは忘れているみたいだけれどね、私たちはあのデ・ロスティ学院で出会っているから」

「はい？」

「あの学院で私が魔法陣ばかり描いて周りの人たちに変人扱いされていたとき、あなただけが私の魔法陣に興味を持ってくれた」

「え……？　えっ？　ということは、まさか、あの」

あの、学院で毎日ひたすら魔法陣を描いていた、まさかの本人⁉

あの時の彼はまだ大人になりきれていない線の細い青年で、こんな立派な体格の大人の姿とは全く違って……。

しかし公爵はなぜかうっとりとした顔でさらに語った。

「あれは、あなたは単なる気まぐれだったのかもしれないけれど、私にはとても嬉しいことだったんだ。あなたがいつも可愛《かわい》らしく話しかけて来てくれて、私はあなたがすっかり大好きになった。後からあなたが伯爵令嬢だと知って、じゃあいつか、あなたをお嫁さんにもらおうと思っていたのに」

ああ……そういえば「今日は何を描いているの？　楽しいこと？」なんてよく聞いていたっけ……。

あれは学院の中でも珍しい魔術師である年上の少年への、純粋な好奇心。そしてそのお兄さんがいつも楽しそうにいろいろと話をしてくれるのが嬉しかった思い出。

あの学院では身分なんてほとんど意味がなかったから、身元なんて誰も気にしていなくて。私も彼の身元を知らないまま、彼はいつの間にか学院を卒業していなくなっていた。

「なのに、ちょっと私が喪《も》で領地に帰っているあいだに他の男と婚約してしまうなんて」

って、突然、なぜそんなに恨《うら》みがましく言われているの私？

「あれは、父が積んだ持参金目当てにアンサーホリック伯爵が申し込んできて……」

「私は待っていてって、あなたに言ったのに」

「へ？」

「私があの学院を出るとき、私はいつかあなたを迎えに行くから待っていてって、言ったじゃないか」

そう言いながら、じとっとした視線を向けてくるのはどうしてかな？

「？……ちょっと記憶が……なにしろ私、あの頃まだ十歳にもなっていなかったと思いますし」

なにしろあのあたりの時期は、私は自分の大きすぎる魔力を全く制御《せいぎょ》出来ず、いつ家に帰れるのだろうと悩んでいた時期でもあった。

そのせいか、私にはとんと記憶が無い。そんなことがあったの……？

「でもあなたはすっかり私のことを忘れているようだったし、他の男と婚約したということは、それをあなたも望んでいるのだろう、それがあなたの望みならと思って一度は諦めたんだ。でも婚約が破棄されたと聞いて、私は急いで手紙を書いた」

「それにしても早耳でしたね。破棄された当日の夜ですよ」

「うん、まあ。……うちの執事はとても優秀《ゆうしゅう》なんだ」

って、本当ににこにこと嬉しそうに言ってますけれど。

今まで見てきた貴族らしい、凛《りん》としつつも無口な公爵とは全く違う、おそらくは素の公爵の姿がそこにはあった。

それはちょっと不器用で、自分の容姿や人の目には全く関心がない、おそらく魔法陣以外の現世の全てに無頓着《むとんちゃく》な一人の趣味に生きる男の姿だった。

衣食住に不自由のない趣味人を自由にさせると、こういうことになるのね……。

「では本当に私との婚約を望まれていたのですか。適当に都合がいいと選んだのではなく」

「もちろんそうだよ。でなければ申し込んだりしない」

「でも婚約が成立しても手紙が一通、しかも一言だけしかなかったし、会いにも来なかったじゃないですか。それでどう信じろと」

「だって、あなたは私を忘れていたじゃないか。それに他の男と婚約していたのだから、まだその男のことが好きなんじゃないかって。なのに迂闊《うかつ》に会いに行って泣かれでもしたらと思うと……」

「ああ……なるほど……」

「でもあなたがパーティーであの男に酷い扱いをされているのを見て、つい私もカッとなってしまった」

「ああ……あの時はありがとうございました」

それで来てくれたと。では、あの時ロビンが私を引き倒《たお》したりしていなかったら、私がまだロビンを好きなのだろうと、いつまでたっても近づいてこなかったのかもしれないな、と思ったのだった。

ちょうどその時、執事のセバスがノックをしてお茶の用意が出来たと伝えに来た。

ノックの音が、おそらくは本来の音の十倍くらいになって部屋に響《ひび》いて私はすごく驚いたのだけれど、きっとそれくらい大きな音じゃないとこの公爵は魔法陣を描くのに夢中で気がつかないのだろう、私はそう理解した。現に、

「なんだ、もうなのか？　今からエレンティナに最新の魔法陣の説明をしようと思っていたのに。エレンティナはお茶にしたい？　ぜひ見せたい魔法陣がいくつかあるんだ。最近完成させたのだけれどね、今まではなかなか上手《うま》くいかなかった魔力の流れを綺麗に整えてより効率的に術を発動させる方式を見つけたんだ。だからそれを利用して……」

と、また滔々《とうとう》と魔法陣について語り始めたのだった。

この瞬間、私は悟った。

これは放っておくと、ずう――――っとこの調子で話し続けるな？

なにしろ、かつてのあの学院のお兄さんがそうだったのだから。

そしてそれを幼い私が飽きもせず、ずっとうんうんと聞いていた記憶が今、鮮《あざ》やかに蘇った。

当時もそのお兄さんの語る難しい話はあまり理解できなかったが、それでも理解できるようにかみ砕《くだ》いて説明してくれようとするそのお兄さんの優しさが好きだったし、なんとか理解できた内容は自分の魔力にまだ翻弄されていた私にとって、魔力とは、とか魔法とは、ということをよりよく理解する助けにもなっていた。

私はあの時間がなかなか楽しいひとときだったのを懐かしく思い出した。

すごく物知りで頼《たよ》りになるお兄さん。

だったな。

目の前で、今もボサボサの髪のままそれは楽しそうに魔法陣の技術や術式について語っているあのお兄さんの成れの果てを見て私は……遠い目になった。

「公爵様、お茶が冷めます。それにそろそろお嬢様もお疲《つか》れかと」

しばらくして執事のセバスが、コホンと咳払いをして公爵の語りを遮《さえぎ》った。

なんて公爵の行動を読んだ上での絶妙《ぜつみょう》なタイミングでしょうか。

見事に公爵の怒濤《どとう》の言葉をピタリと止めた執事の技《わざ》に私は驚いた。

なるほど、この人はこうして普段から公爵を動かしているのね……。

「ん？　エレンティナ、疲れた？」

セバスの言葉にきょとんとしているアーデン公爵の顔に、ほんのり過去の青年だったときの面影《おもかげ》が重なったような気がした。

「……そうですね、一旦休憩《いったんきゅうけい》をしましょうか」

そうしてやっと、渋々魔法陣で埋め尽くされたその部屋を出ることに同意した公爵様なのだった。

公爵家のお茶はそれはそれは美味《おい》しくて、お茶と共に出されたお菓子《かし》も素晴らしい手の込《こ》んだ繊細《せんさい》さと美味しさだった。

さすが公爵家。お金持ちってすごい。お茶とお茶菓子《ちゃがし》のレベルがいちいち高い。

しかしそのおそらく最高級のお茶を、優雅《ゆうが》な仕草以外は全てが残念な状態の男が飲んでいるのを見て、私は今までの苦労は何だったのだろうとちょっと遠い目になっていた。

ボサボサ頭でよれよれシャツの男、それが今の公爵だった。

しばらく会わないうちに、ボサボサの髪がその美しい顔を隠し始めていた。これ、このまま放っておくと、またあの初めて出会った時のような見かけになるのだろうな……。

おそらくこれが本来の彼ということなのだろう。

どんなに見栄《みば》えを良くしても、中身はこういう人なのだと、私は理解した。

別に私は見栄えを気にするたちでもないし、こうして眺めているとこの状態も、今や非常に彼らしい気もしてきているから別に嫌《いや》というわけではない。

ただ、これまでの「アーデン公爵モテモテからの素敵な出会い作戦」が完全なる徒労だったことに、少々むなしさを感じているだけだ。

私、なにやっていたんだろう……。

かぐわしいお茶をいただきながら、私は遠い目のまま思った。

うん、お茶が美味しいね……ふふ……。

「ところで今日は、突然どうしたんですか？」

今までは私が「人前ではちゃんとした格好を」なんて言っていたせいか、私の前でもいつもパリッとした格好を崩《くず》さなかった公爵だったが、どうやらもう体裁《ていさい》を取《と》り繕《つくろ》うのは諦めたらしく、目の前の公爵は実に晴れ晴れとした雰囲気を醸《かも》し出しながら言った。

「ああ……そうですね……そう、用事がね……ありましたね……」

一瞬何だったっけ？　などと思いはしたが、幸いなんとか思い出すことが出来た。

いやあ、でも、ちょっと事情が変わったようなそうでないような？

「突然いらっしゃったくらいですから、急用だったのでしょう？」

そう言って微笑む公爵の目が、冴《さ》え冴《ざ》えとした光を放っている。

格好はどうでも顔だけ見たら本当に美しい人なのだが、まさかそれが「魔術師であるが故《ゆえ》の美しさ」だとは今まで全く考えたことがなかったな……。

「あー、急用だと……思ったのですが、どうやらこの状況ではまた事情が変わったのかもしれません」

「それは私が魔術師だとわかったから？」

「まあ、関係あるかと……」

「それでもあなたが我が家まで駆《か》けつけてくださるくらいの事情というものに興味がありますね。何がありました？」

ボサボサの髪とよれよれシャツの姿でそう聞く公爵はそれでもパリッとしていた時と同じ、先ほどまでの無邪気《むじゃき》なそれとは違う、とても真摯《しんし》なまなざしになっていた。

「あの、今噂のマルガリータ嬢が本当に王女で、降嫁するならあなたが最有力候補だと聞きまして」

「そうなんですか？」

「そうなんですよ。知りませんでしたか？」

「全く。私はあれからずっとあの部屋に籠もりきりだったものですから」

「ああ……」

その公爵ののほほんとした返答に、この人みたいにあまりに俗世《ぞくせ》に興味がないと、気がついたらいつのまにか嫁が替わっていてびっくりなんてこともありそうだな、とぼんやり思った私だった。

「でも、私はあなたと結婚するのですから無理な話ですね」

まるで当然とでも言うようにそんなことを言う公爵。なぜか危機感は無いらしい。

「でもそのマルガリータ嬢が王女として認められたら、その時は王女の降嫁先として、あなたが一番適当なのは明らかだと思うのですが」

「王がそれをお認めになるとは思えません。それにもし王があのお嬢さんを王女と認めた暁《あかつき》には、おそらく彼女は北のルトリア王国の王太子との政略結婚という運びになるのではないでしょうか」

「そうなんですか？」

「おそらく。実は今、内々にルトリアより政略結婚の打診がされているのです。そのためもしも王が溺愛しているマルセラ王女の他に結婚出来る年頃《としごろ》の王女がいたら、きっと王は喜んでその王女を差し出すでしょう」

ルトリアという国は我が国の隣国《りんごく》で、魔術が認められている国だった。そのため魔術があるという理由だけで我が国はルトリアを邪悪《じゃあく》な国と恐《おそ》れ、拒絶《きょぜつ》し、できるだけ関わろうとはしない。

しかし怒らせるわけにもいかないのだ。なにしろもしも戦争にでもなってしまったら、我が国はルトリアの魔術攻撃《こうげき》に対して完全に無力なのだから。

だから本当に政略結婚の打診があったのならば、王がどんなに嫌だと思っても、きっと受け入れるしかないだろう。

「では王は彼女を王女と認めるでしょうか」

「それはわかりません。オルセン男爵の差し出した証拠次第でしょうか。偽物の王女をルトリアに送って問題になるわけにもいかないので、審議《しんぎ》にはおそらく時間がかかるでしょう。特に証拠がブローチ一つでは。なにしろ我が国は……魔法で判別することが出来ない」

「魔女や魔術師だったら、真偽《しんぎ》を判別する魔法が使えるかもしれないのに？」

「その通りです」

「……では、たとえばそのマルガリータ嬢が偽物で、実は他の場所に本物の王女がいたとしたらどうなりますか」

「本物？」

その瞬間、アーデン公爵が突然鋭《するど》い視線を返してきたことに私は驚いた。

今までとは違う、強い、射るような視線。それは、きっと仕事の顔。

「マルガリータ王女は生まれた時に『魔女』だと思われたんですよね？　ならば生まれた時に『魔女』の黄金の瞳だったと思われます。それも、赤ん坊の頃にわかるくらいにはっきりと」

「そう聞いていますね」

「でもあのオルセン男爵のマルガリータ嬢の瞳は『魔女』のそれとは違います。おそらく彼女には魔力が本当にありません。だって基の色があのシトリンの色の瞳の魔女だったなら、そこから黄金の色彩《しきさい》を取り除くためには相当な訓練が必要なはずではありませんか。それなのに彼女はあの学院にも通わないで、自力で瞳の色を隠せるようになったのですか？　まだ赤ん坊か幼児の時に？　それはちょっと考えづらいですよね」

そんなことが出来るのなら、そもそもあの学院は誕生していないだろう。

魔女たちの瞳に宿る黄金の色の煌めきは、基が黒のような濃《こ》い瞳の色ならまだ誤魔化《ごまか》しやすいのだが、薄《うす》い色の瞳だと黄金の色が見えやすいのでより完璧に隠さないといけない。ましてや基が黄色味のある色となると、うっかり少しでも濃く見えたり煌めいたりしたら魔女認定されかねないので、さらに訓練が長引くのが普通なのだ。

それを、自力で？　あり得ない。

「そうですね。私もあのお嬢さんが魔女だとは思えませんでした」

考えてみたら彼も魔術師なので、私と同じように確信していたのだろう。

「そうですよね。私も、子どもの頃はどうして黒い瞳じゃないのだろうと悩んだくらいには大変でした。あの色だったらまだ帰れていなかったかも……。あ、でもそれを言ったら公爵様も薄いグレイですから、私よりももっと大変だったのではないですか？　なのに素晴らしい制御ですね。私、全然気づきませんでした」

ふと私が感心してそう言うと。

「あなたは……本当に何も覚えていないんだね……」

なぜだか公爵様が、がっくりと肩を落としたのだった。

「はて？」

なぜそこで悲しげな顔を？

私が思わず首をひねっていると、公爵がため息をつきながら言った。

「これは私があの学院を『卒業』するときに、あなたの魔法で隠してもらったんだよ」

「んん？」

あの学院でということは、私がまだ子どもだったとき……？

「私は瞳の色を自力で隠すのがまだ苦手な状態なのに家の事情で『卒業』が決まってしまったんだ。だから、その最後の日にあなたに瞳の金の色を封印してもらったのだけれど、本当にあなたは何も覚えていなかったのだね……」

「え？　最後の日……？」

私にはさっぱり記憶にないのだが。

「今では私も、自力で瞳の色を隠せるようになったからもう封印を解いてもらってもいいんだけれどね。でもこれはあなたからのプレゼントだと思っているから、とても気に入っていて無くしたくなかったんだ」

って、うっとりされても記憶のない私にとっては、何のことを言っているのやら？

「すみません、私、全然覚えてなくて……。でも本当に……？　あ、じゃあ本当なら、ちょっと解いてみてもいいですか？　私がかけたのなら私が解けるはず」

「ええ……だから私はこの魔法を大切にしたいんだよ。あなたとの思い出が消えてしまうじゃないか」

「思い出ならもう他にも出来たでしょう。公園でお散歩とかお買い物とかパーティーとか。だからそれは一度解いてみませんか？」

だって、彼の「魔術師」たる証拠を見たい。昔のあの瞳を、もう一度見てみたかった。

俄然《がぜん》やる気になって身を乗り出す私に、アーデン公爵は渋々といった感じで言う。

「あなたがそんなに言うなら、しょうがないな……でもここでは危険だから、ちょっとこっちに来て」

そうして私はまたあの魔法陣で埋め尽くされた部屋に連れて来られたのだった。

「ここですか？」

「そう。ここは魔法の痕跡《こんせき》を完全に隠せるように、何重にも隠蔽《いんぺい》の魔法陣で魔法を重ねがけしている一角なんだ。だからここでなら魔法を使っても大丈夫」

たしかに、うっかり魔法を使ったのがどこかにわかってしまったらその瞬間から追放者となってしまうのだから、こうして念には念を入れてあるのだろう。さすが魔術師が家長の家だった。

「では」

そして私は、早速《さっそく》公爵に解除の魔法をかけたのだった。

封印を解除。何も塞がない。魔法のない、まっさらな状態に。

するとアーデン公爵のグレイの瞳から、たちまち金の光があふれ出して見事な黄金の瞳に変わったのだった。

薄暗い部屋の小さな窓のそばで、差し込む穏やかな日の光をも巻き込んでキラキラとまばゆく光る黄金の色。

それは紛《まぎ》れもなく魔術師の色、しかも膨大《ぼうだい》な魔力を感じさせるような強い輝きだった。

そしてその時、その黄金の光にまっすぐに見据《みす》えられて私は、かつて密かにその瞳の光と共に封印した記憶も思い出したのだった。

「…………あ――――っ!!」

そうだった、一緒に隠してしまったんだ……!

それはそれは美しい顔とまばゆく光る黄金の瞳をした青年が、「あなたの得意な隠す魔法で、私の瞳の金を隠してくれないか」とまだ子どもだった私に頼んできたときの記憶。

そして了承《りょうしょう》した私に、彼は「ありがとう」とにっこりして私の頰《ほお》に――

「キ、キス……!!」

「？　なに、それを今思い出したの？」

からかうように笑った公爵の顔は、紛れもなくあの時真っ赤になった私を見て笑った、あの青年の笑顔と同じで。

「なにしてくれたんですかほんの子どもに！」

「え？　親愛のキスだろう？　頬に軽く触《ふ》れるだけのキスだよ？　でもあなたは真っ赤になってびっくりしていて、とても可愛かったな。だからそんな思い出ごとまさか私のことを綺麗に忘れてしまっているなんて、知ったときは本当にショックだったよ」

って、悲しそうにしているけれど。

そうだった、あの時子どもだった私はびっくりして……そしてその瞬間に彼への淡《あわ》い恋《こい》心《ごころ》に気づいたのだ……！

でもそれは、もう彼が学院を「卒業」する最後の日で。

学院を卒業したら、大抵の人はもう二度と戻ってこない。

誰もが一度「外の世界」に行ってしまったら、学院での思い出と記憶をひた隠しにして生きる定めなのはもちろん知っていた。

だから待っていて、なんて私に言うこの目の前の人は、もうきっとこの学院には帰ってこない。どうせ「外の世界」に行ってしまったら、この学院のことも私のことも、全てを思い出の中に封《ふう》じ込《こ》めて新しい人生を歩み始めるのだから。

私は出られないのに。いつ出られるかもわからないのに。そして学院を出たら、お互いに過去を隠して、場合によっては容姿さえも変えて生きるのに。

きっと、もう会えない……。

とっさにそう思った私は、悲しさのあまり彼の瞳の色を封印するときに、一緒に、こっそりとその時の記憶と彼への想《おも》いを彼の瞳の中に封印したのだった……。

「おもいだした……」

まだ子どもだった時の淡い初恋《はつこい》まで思い出したことに、私はショックを隠しきれない。

何やってくれたんだ、昔の自分……。思わず頭を抱《かか》えてもだえる私。

「思い出した？　本当に？　嬉しいな」

片やそれは嬉しげに私を見つめている公爵。

この忠犬の風情で見えない尻尾をフリフリしながら私の様子を嬉しそうに見つめるアーデン公爵と、かつて魔法陣について私に熱く語っていた青年の姿が重なった。

「ミハイル……」

「ああ、本当に思い出したんだね！　そう、私はサイラス・ミハイル・アーデン。学院ではミハイルで通していたから、あなたも私のことをいつもミハイルと可愛らしい声で呼んでくれていた……。私はずっと、君にいつかまたそうやって呼んでほしいと心から願っていたんだ……！」

そうして喜びのあまりこのミハイルは、こともあろうか感極《かんきわ》まってぐいと私の腰を抱《だ》き

寄《よ》せ、嬉しげにまるで私の思い出したばかりの記憶を再現するかのように頬にキスをしたのだった。しかも二度、三度と……！

「ななな何をするんですか！　ハレンチ！」

間近に見る美麗な顔面と、頬に感じる柔《やわ》らかくもあたたかな感触《かんしょく》にパニックになる私。キスだけでは飽き足らず、そのまま頬ずりしてくるミハイルを押し戻そうとしてもびくともしないのはなぜ。

「ええ……？　でも私たちは婚約者同士だよ？　君がそんなに怒らなければ、私は口づけだって――」

「ハレンチ‼」

熱を帯びたようなまなざしとその唇《くちびる》に、そしてさらに腕に力を入れてもっと強く抱き寄せようとするミハイルにますますパニックになる私だった。

まさかあのお兄さんが……こんな……。ああこの人のフルネームを見た時に、気づくべきだった……いや無理、ミドルネームだけでそれは無理。しかし。

「もう……改めて自分の封印の魔法に驚くわ……」

まさか気持ちまで封印出来たなんて。

もはやこの腕から逃《のが》れることを諦めた私は、放心したように呟《つぶや》いた。

そんな私に気づいたのか、嬉しそうにまだがっちりと私の腰を抱いたまま私を見つめてミハイルは言う。

「あなたの封印魔法は本当に素晴らしい。私は瞳の色で全く今まで苦労をしなかった。びくともしない頑丈《がんじょう》さだ。おかげで安心して生活ができたよ」

「ああ……それは良かったです。あれ、でも瞳の色が変わらないと、魔法の発動は難しいのではなかったですか？　たくさん魔力を使う時は、瞳の色を変えないわけには」

すぐ近くにある迫力《はくりょく》の顔面をまだ意識しながらも、そこは気になって聞く私。

すると、

「そうなんだよね、だから実際に私は今まで、魔力に上限をかけられた状態だったといえる。でもだからこそ、魔法陣でその魔力を増幅したり少ない魔力で効果的に魔法を発動させられる魔法陣を開発したりして結果的に技術の向上にはとても役に立ったと思うよ。いざというときには、いつでもあなたに魔法を解いてもらえることはわかっていたし。おかげでたとえばこの魔法陣とかは今までの最小のサイズで最大の効果と――」

そしてまた、魔法陣について滔々と語り始めた公爵だった。私の腰を抱きながら。

まるでこの状態が、彼にとってはとても自然だと思っているかのように。

私は半ば放心しながら、この封印を解いた黄金の瞳が薄暗い部屋の中でキラキラと楽しげに光っているのを、ただ見つめるしかないのだった……。

第四章✦幻の王女

結論として私は、アーデン公爵《こうしゃく》を別の令嬢《れいじょう》と結婚《けっこん》させるという当初の計画を放棄《ほうき》した。

まず第一の理由は、彼の「魔術師《まじゅつし》」という立場である。

この秘密を、これ以上誰《だれ》にも打ち明けることはしないほうがいい。秘密を知る人がいればいるほど、その秘密がバレて彼が追放されるリスクが高まるのだから。

そして私は、それを結婚相手に隠《かく》し通《とお》すのは難しいと常々思っているのだから。

第二の理由は、彼が条件だけで私を結婚相手に指名したのではないとわかったから。

まさかそんな昔から狙《ねら》われていたとは思ってもいなかった。

そして第三の理由は。

私が結婚を拒《こば》んでいた最大の理由、魔女《まじょ》だということを隠さなくてもよくなったから。

でもいいのかしら？　魔法《まほう》を拒絶《きょぜつ》するこの国の、名門公爵夫妻が「魔術師」と「魔女」ということになるんですが。いいのそれ？

私はそれでも深い深いため息と共に、アーデン公爵の秘密を共有して生きる覚悟《かくご》を静かに決めたのだった。

知ってしまったからにはこの人をこのまま野放しにはできない。危険すぎる。

この人をこのまま放っておいたら、いつか誰かにバレる日が来る気がしてならない。

少なくとももし他の貴族から一般人《いっぱんじん》の妻が輿入《こしい》れしたら、その妻にはあの魔法陣《まほうじん》だらけの部屋は見せられないだろう。

でも同じ家に住んでいる妻にあの部屋を一生隠し続けるなんて、全く出来る気がしない。

というのに、その後聞いたところによると、あの彼のいた広大な魔法陣だらけの部屋は、なんとあの部屋で三つ目らしい。

三つ目！

呆《あき》れる私をきょとんとした顔で見るミハイルの顔が忘れられない。


「ということで、エマはどうする？　公爵家についてきたい？　もし嫌《いや》なら――」

「もちろんですよ！　絶対について行きます！　楽しみですね、お嬢様《じょうさま》の花嫁《はなよめ》姿……！」

私は疲《つか》れた体を引きずってやっと帰り着いた自室で、改めて侍女《じじょ》のエマにアーデン公爵と結婚することを決めたと伝え、ついてくるかと聞いたのだった。

私が魔女という事実を受け入れてくれている彼女なら、きっとミハイルの正体を知っても受け入れてくれるだろう。それにもしもこの先もエマがいてくれたら、きっと私は心置きなく愚痴《ぐち》れるのだ。

たとえばあの魔法陣だらけの部屋から夫が今日も全然出てこないとか、そういう……ああ、今からもう目に浮《う》かぶ……。

「あ、でもお嬢様、何が決め手だったんですか？」

「え？　何が？　何の話？」

突然《とつぜん》思考を遮《さえぎ》られ、私は目をぱちくりしてしまった。

「何がって、あんなに嫌がっていたのに突然心をお決めになった理由ですよ。アーデン公爵家で、なにかあったんですよね？」

「えっ？　あっ……た、といえばあった……かな？　はは……」

さすがに「魔術師」の話は結婚後にしようと思っていた。まだこのトラスフォート伯《はく》爵《しゃく》家の使用人であるうちは、ミハイルの秘密は知らない方がいい。

しかしそれでは当然エマは納得《なっとく》しないのだった。ぐいと一歩踏《ふ》み出《だ》して切り込むエマ。

「なにがあったんですか？　あんなに頑《かたく》なだったじゃないですか。はっ、もしかして脅《おど》されたとか!?　それは許せません！」

「え!?　いやいや、そんなことはないわよ？　まさかあのミ……公爵様が、そんなことするはずないじゃない～」

「でもあんなに結婚しないって言っていたのに……あ！　もしかして、実はお嬢様も公爵様のことを愛していたことに、とうとう気づかれたとかですか!?」

「ええっ⁉　……あー、あ〜……そんなところ……かな……？」

いやだって、それ以外の答えではエマが納得しないじゃない。それに決して嘘《うそ》では……ないし……？　それに、

「お嬢様、なぜ視線がちょっと明後日《あさって》なんです……？　でも公爵様はお嬢様のことが大好きみたいだったので、実は私、ずっと公爵様はなんてお可哀想《かわいそう》にと思っていたんですよね。でもそうですか、とうとう公爵様の努力が報《むく》われたと！　いやよかったですねえ……！お嬢様、幸せになりましょうね！」

と、なんだかエマがすごい勢いで納得をしたみたいなので、うん、もうそういうことにしておこうか。どうせさすがに実は彼が私の初恋《はつこい》の人だったなんて、まさか恥《は》ずかしすぎて絶対に言えないしね……。

気がつけば、彼に二度も恋《こい》してしまったらしい私は、もういろいろ諦《あきら》めた。

問題は山積みで気が遠くなったりもするけれど、それでも彼となら、きっとなんとか出来るだろう。出来るといいな。……すればいいのよ。

正体がバレても私があまり引かなかったことに嬉《うれ》しくなってしまったらしいミハイルは、あの後はずっと清々《すがすが》しい笑顔《えがお》で生き生きとしていた。

しかし私は思っていた。

そんな晴れやかな笑顔で、なんて危険なことをしているんだ大人になったミハイルは。

あの砂地に延々と魔法陣を描《えが》いていたときから何も変わっていないどころか、酷《ひど》くなっている気がするぞ。

子どもの時の私、あなたはなんであの時、砂地で一人で楽しそうにしている怪《あや》しげな人に声なんてかけちゃったの。

……だって、とっても楽しそうだったんだもの……まさかこんなことになるなんて、思わなかったのよ……。

次に正式にアーデン公爵家にお茶に招待されて訪問した時のミハイルは、以前一緒《いっしょ》にパーティーに出ていた時のようなパリッとした紳士《しんし》の皮を見事に被《かぶ》っていた。

「公爵様、今日は素敵《すてき》な出《い》で立《た》ちでいらっしゃるのですね」

思わずそう私が言うと。

なぜか少々ぶすくれた公爵がちらりとお茶会のセッティングを最終チェックしている執《しつ》事《じ》、たしかセバスの方を見ながら言ったのだった。

「セバスに、せっかくあなたを招いたのだから綺麗《きれい》にしないと嫌《きら》われるぞと脅されて、無理矢理私の部屋から連れ出されて整えさせられた」

「セバス、有能」

「エレンティナ、ひどいな。風呂《ふろ》に入ってちゃんと服を着て髪《かみ》を整えてなんてやっていたら、一時間はかかるじゃないか。私はちょうどあなたに見せようと最新の魔法陣を完成させるところだったんだよ。なのにセバスのせいで完成できなかった」

「そんなに急がなくても、魔法陣は今度見せていただきますから。ところでそれまで何日お風呂に入っていなかったのですか」

「さあ？　なにしろあの部屋にいると時間を忘れるから……」

「……お風呂は出来たら毎日入っていただきたいですね」

「…………あなたがそう言うなら」

そう言って渋《しぶ》い顔をするミハイルの向こうから、ふと見ると執事セバスが、おそらくは感謝のまなざしであろう非常に柔《やわ》らかで温かな視線を私に向けているのが見えた。セバスはきっと苦労人に違《ちが》いない。

なので私も思わず「セバス、これからもお風呂、頼《たの》んだわよ」、そう視線で合図を送る。すると即座《そくざ》に「もちろんでございます、お嬢様」、そんな視線と頷《うなず》きを返してきたセバスだった。セバス、なんて有能で心強い執事でしょうか。

私と公爵家の執事セバスはこの瞬間《しゅんかん》、おそらくお互《たが》いの心の中で、がっちりと固い握《あく》手《しゅ》を交《か》わしたのだった。

そして今はそのセバスの采配《さいはい》のお陰《かげ》で無事清潔感漂《ただよ》う身なりになっている公爵と私は、公爵邸《てい》にある広々とした明るいテラスで、優雅《ゆうが》にお茶を楽しむ時間を持てたのだった。

さすがに公爵家の嫡男《ちゃくなん》として厳しくしつけられたのであろうミハイルは、たいへん優雅にティーカップを持ち、優雅な仕草で軽食をつまむ。

その光景はもともとの美貌《びぼう》とも相まって、それはそれは美しい一枚の絵のようで私としても非常に眼福のひとときだった。

まあ、絵なら、ね。

ちょっと音声も入れてしまうとカチャカチャと優《やさ》しく触《ふ》れあう茶器の音の他に、ひたすらミハイルの今開発している最新の魔法陣についての説明というか講釈《こうしゃく》というかなんというか、つまりは彼の熱い一人語りが続いているのだが。

どこかのはるか遠い国では、こんな風に趣味《しゅみ》にのめり込む人を「オターク」とか言うらしいと聞いた気がする。ということは、こんな人がどこか他にもいるのねきっと……。

私は、まさしく目の前のこの人はそういうタイプの人なのだろうとちょっと遠い目をしながら聞いていた。

キラキラとした瞳《ひとみ》で熱く語る彼が言うには、どうやら最新の魔法陣は、特定の魔法をかけた鳥の目に映る風景を魔法陣の上に映すことが出来るらしい。

「まあ、ではそれが実現したら、離《はな》れている家族の様子とかもわかるのですね」

何気なくそう言った私に、突然ミハイルが真面目な顔をして言った。

「そうだね……そして、良くない疑惑《ぎわく》のある人物の監視《かんし》もある程度できるようになる。是《ぜ》非《ひ》とも完成させたいね」

……こんな時、この人はそういえば政治家だったなと私は思い出す。突然怜悧《れいり》な仕事の顔になるその切《き》り替《か》えが見事すぎて、思わず別人になったのかと思った。まさかそんな用途《ようと》のために開発する魔法陣もあったとは。

「でもそれは魔法陣を使わなくても、人を使って出来るのでは？」

「もちろん普通《ふつう》ならそうするだろうけれど、向こうも警戒《けいかい》していた場合は失敗することもあるだろう？　しかし魔法なら、基本この国には『ない』ことになっているから、相手も警戒していなくてやりやすいじゃないか」

そう言ってミハイルは実に楽しそうに、手に入れた新しいオモチャを使ってどう遊ぼうか、そんな感じのノリでさらりと黒いことを言って笑ったのだった。

私は思った。もしかして、この人を敵にまわしたらとてつもなく厄介《やっかい》なのでは……。

私は魔法を操《あやつ》る魔女たちを排除《はいじょ》したい魔力《まりょく》を持たない権力者側の気持ちが、ちょっとだけわかったような気がした。

「でも、危険なのではないですか？　魔法なんか使って、もしもバレたらどうするんです。即刻《そっこく》追放ですよ。なんて危ない」

「ん？　私は公爵だよ？　それにもちろんバレても握《にぎ》りつぶせる相手にしかやらないよ」

政治家のアーデン公爵という人は、驚《おどろ》くことになかなか黒い人だった。爽《さわ》やかな笑顔と

その言葉の乖離《かいり》がすごい。こんな一面もあったのね……。王様の方が偉《えら》いのだし

「それでも万が一王家に密告されたら終わりでは。王様の方が偉いのだし」

「王家はもちろん知っているから、そっちを握りつぶすに決まっているだろう」

「は？」

知っている？

王家が？

どういうこと……？

非常に怪訝《けげん》な顔になった私に、余裕《よゆう》たっぷりの表情で公爵が言った。

「……かつて、王家に生まれた双子《ふたご》の男の子のうち、片方が黄金の瞳を持って生まれた。そこで王は悟《さと》ったんだ。王家に、すでに魔力を伝える血が入っていたのだと。当時の王妃《おうひ》は明らかに魔女の血筋ではない家の出身だった。その後も魔女ではないと再確認《かくにん》されたことから、もう王は、自分自身にその血が流れていることを認めるしかなかった」

「初耳ですが」

「もちろん王家の極秘事項《ごくひじこう》だよ。でもあなたも我が家の一員になるのだから、知っておくべきだろう？　……当時の王は、その魔力のある子をとっさに隠した。もうかつての『邪《じゃ》悪《あく》な魔女』を排除した王から何代も経ていて王に昔の『邪悪な魔女』への個人的な恨《うら》みなんてなかったから、生まれた息子《むすこ》を憎《にく》む理由はなかったんだ」

それは王も人の親だったということだろうか。たとえ息子に魔力があったとしても、息子には変わりないのだと思ったということか？

「でもその王子はその後どうなったんです？」

「王はその王子を追放はしなかった。というより、出来なかったんだ。その追放された子が成長した暁《あかつき》には何かの拍子《ひょうし》にもう一人の王子と敵対する可能性があったから」

「自分も王の子だから王になる権利があると言い出すかもということ……？」

「その可能性があるから、安易に追放して万が一にも見失うわけにはいかない。しかし当時は今のあのデ・ロスティ学院のような仕組みもなかった。それでもどうしても殺すのは忍《しの》びないと思った王は、その王子を体が弱いことにして表に出さずに密《ひそ》かに育て、瞳の色を自力で隠せるようになってからお披露目《ひろめ》した。その王子が、我が公爵家の始祖だ」

「え、じゃあ初代から『魔術師』だったってことじゃないですか」

「その通り。そしてその後も王家に魔女や魔術師が生まれた時は結婚等でその人を引き受けるようになった。そうでなくても秘密を守るために魔女と結婚することが多かったせいで、我が家に生まれてくる子どもが金の瞳を持っている確率もどんどん高くなっている」

「なんてこと……」

天下の歴史ある公爵家の真実が、まさかそんなことだったとは。

「結果的に我が家は血筋的にも非常に強力な魔力を持つことになり、そしてその魔法で密かに王家を支えてもいる」

「支えて……？　え？」

「……何百年も王家が存続するためには、多少の幸運や不思議な現象が必要になるときがあってね」

にっこり。

「王家、なんという……」

開いた口が塞《ふさ》がらないとはこのことだった。

その王家の始祖が魔女の追放を決めたのではなかったか。

なのに自分の家だけは追放せずに、しかもしっかり取り込んで活用していたとは……。

「だから王家は我が家を粗雑《そざつ》には扱《あつか》えないし、もちろん追放も出来ない。だからあなたも安心して我が家に嫁《とつ》いでくればいいよ」

美しいお屋敷《やしき》で、美しい婚約者《こんやく》にそう言われたら普通は喜ぶ……のだろうけれど。

「そんな私だけ安穏《あんのん》と暮らせませんよ……他にもたくさん追放に怯《おび》える魔女たちがいるというのに」

私の脳裏《のうり》には、あの学院で幼いころに親元から離されて寂《さび》しくて泣いていた沢山《たくさん》の幼い魔女たちが思い出された。

王家が魔女の追放をやめたら、あの魔女たちはもう泣かなくて済むのに。

王家がただ「もうやめた」と言えば、不幸な人がこれ以上生まれないのに。

「あなたの気持ちはわかるよ。私も同じように思っている。でも、『魔女』を邪悪ではないと認めてしまうと王家の始祖が『邪悪な魔女』を殺して王を名乗った手前、王家としての正当性が揺《ゆ》らいでしまうと王家は考えている。そのためなかなか動こうとはしないんだ」

『魔女』を認めると、悪を殺した英雄《えいゆう》から一人の女性を殺した単なる殺人者になるのね、王家の始祖が」

「そう思われるのは困るからね。だがずっと永遠にこのままというわけにはいかないだろう。なにしろ魔力を持つものは長年の追放制度をもってしても数が減ってはいないし」

「そうなの？」

「あなたもあの学院を知っているだろう？　あの学院に来る人数は、この百年だけでもあまり変動がない」

「そういえば、そうだったかもしれないわね……」

たしかにあの学院はいつもある程度同じ賑《にぎ》やかさだった気がする。

減りもせず、増えもせず。一定数が卒業していく傍《かたわ》らで、同じくらいの人数が新たに入ってきていた。

「ただ、最近は特に魔力の強い者が増えて来ている。あなたみたいにね。そして追放されないように魔女たちがその能力を隠して生きるうちに交配が進み、特に貴族の中で魔女の血が広まっている。今や先祖に魔女が一人もいない貴族は、少数派ではないかと――」

「え……じゃあ、たくさんの貴族の家に魔女が生まれる可能性があるということ……？」

「そう。魔女や魔術師たちが美しい容姿を持つがために、歴史的にも貴族と婚姻《こんいん》しやすくてね。そして狭《せま》い社会だから血が混ざるのも早かったようだ」

「あらまあ」

私は開いた口が塞がらなかった。でもミハイルは真剣《しんけん》に続ける。

「今はもうこのまま何もなかったフリをし続けることには無理がでてきている。だから王と前公爵の父が相談して対策を考えていた。たとえば将来『魔法庁』を設立する案とか」

「魔法庁？　なに、お役所？」

「そう。魔女や魔術師をきちんと把握《はあく》して社会に役立つように正式に教育し、社会に魔法を役立てるための機関。つまりはあの学院を公《おおやけ》にして、さらに発展させる」

「ええ、出来るのかしら？　そんなこと……」

私には考えたこともない話だったから、それがどれほど現実的なのかもピンとこない。

しかしアーデン公爵は、真面目なお仕事の顔で熱心に語っていた。

「我が国が長い間魔法を拒絶している間に、今やルトリア王国を始めとした諸外国の方が魔法の研究も技術も進んでしまった。このままでは、いざ国同士で争いが起きた時には我が国が圧倒的《あっとうてき》に不利なんだ。だからいいかげん魔法を認めて共存できるようにしないといけないのだけれど、ただまだ貴族院に受け入れられる状況《じょうきょう》ではなくてね。だから今は残念ながら、まだ構想の段階だけど」

それは魔術師であり公爵でもある人間としての顔なのだろう。彼の真剣に憂《うれ》いた顔を初めて見た気がした。

「だからあなたは政治活動に積極的なのね？」

「今の目標は『魔法庁』の設立だ。出来るだけ早く魔女や魔術師たちがその能力を堂々と発揮できる社会にしたい」

「まあ……それが実現したら素敵なことね」

「あなたは仕事がしたいと言っていただろう？　ぜひその力を私に貸してほしい。あなたの『隠す』魔法は素晴《すば》らしい。これから役に立つ場面がたくさんあると思う」

そう語るアーデン公爵は、魔法陣について語る時とはまた違った真摯《しんし》な表情をしていて、図《はか》らずもときめいてしまった私だった。

美しい顔で仕事の夢を真剣に語り口説かれてしまったら、それを断れる人がいるのだろうか。否。

少なくとも私には否だった。

思わず頬《ほお》を染め……た自覚はないが、それでもぽーっとなって頷いてしまった。

なんだか仕事のスカウトのような言葉だったが、私は自分以外の人に自分の魔法が役に立つと言われたことがとても嬉しかったし、ぜひ力を貸してほしいと言われたことにもとても喜びを感じたのだ。

私の魔法が役に立つ。将来の魔女たちのために働ける。

それは私としても本望《ほんもう》だった。きっと、とても道のりは遠いけれども。

その後はまたいつものミハイルに戻《もど》った彼によって、意外な展開にちょっとばかり呆然《ぼうぜん》としたままの私はまた、うきうきと第一の魔法陣の部屋と、第二の魔法陣の部屋を案内されたのだった。が。

(……この人、いったいいくつの魔法陣を作っているのかしら?)

それは部屋中を埋《う》め尽《つ》くす魔法陣の山、山、山……床《ゆか》、壁《かべ》、そして天井《てんじょう》にもびっしりと。

いくら天下の公爵様の私邸《してい》といえども、これではいつこの部屋たちの存在が表に漏《も》れてしまうか心配になるくらいの量である。

彼にどれほど権力が、そして高尚《こうしょう》な夢があろうとも、今の段階でこの部屋の存在が公にバレたら即刻追放の可能性は否定できない。

さすがにこの状況が露見《ろけん》したら、王だとて庇《かば》えるとは思えなかった。

なので私はもういろいろ観念して、アーデン公爵が魔法陣によって隠蔽《いんぺい》魔法をかけている上に、さらに私の「隠す」魔法を二重に重ねがけすることにしたのだった。

ええ、もう観念したんですよ。やりますよ私。

この部屋の扉《とびら》は公爵本人と、私と、そして執事のセバス以外には見えないように、ただの壁に見えるようにまずドアたちに魔法をかける。

そして公爵がいるとき以外は、たとえ誰が部屋に入ったとしても魔法陣を「隠して」見えないようにさらに部屋の中にも魔法をかけた。

これで何かの理由で執事や私が部屋を開けたときでも安心である。おそらく。

それは単に追放が怖《こわ》くて提案した魔法だったのだが、もちろん公爵は大喜びでそれを受け入れてすぐさま実行に移すように言った。そして私が魔法をかけている傍らで彼は、

「ああ、相変わらず見事な魔法だ。素晴らしい。私がやろうとしたら魔法陣を描くのに一日、発動させるのに半日はかかるだろう。それをこんなにいとも簡単にやってのけるなんて！　本当にあなたの魔法は素晴らしい。しかも見る人によって魔法の発動を変えられるなんて、そんな魔法をこの目で見たからには早速《さっそく》魔法陣でも再現できるか試《ため》さなければ！」

などとひたすら一人で語っていたのだった。

思わず彼の後ろに、嬉しさでちぎれそうなほどぶんぶんと振《ふ》られる幻《まぼろし》の尻尾《しっぽ》が見えた。

ちなみにその後公爵から魔法陣の部屋にかけた魔法について説明を受けた執事のセバスも「ようございました」と珍《めずら》しく満面の笑《え》みを見せていたから喜んでいるようだ。

多分おそらく、これでアーデン公爵の趣味が露見する可能性はさらに減っただろう。

そして私は晴れて、アーデン公爵家の秘密の共犯となったのだった。

やれやれ……。

これで事実上この男が将来の夫になるのが確定した気がする。

公爵家の豪華《ごうか》なソファに座りながらちょっと遠い目になった。

まあ、いいけれど。

うん、まあ基本は可愛い人だし、この人とならずっと楽しく過ごせるだろう。

今も先ほどかけた私の魔法を早速魔法陣で再現したくなったらしく、ミハイルがソファに座りつつも上の空でそわそわしている。それはまるで、待ての命令中においしそうな骨を見つけてしまったワンコみたいな雰囲気《ふんいき》で。

どうしてそれほど魔法陣というものに魅了《みりょう》されているのかはちょっと私にはわからないが。

その結果、あまりに無防備に危ない橋を渡《わた》っているのにも驚くが。

ほんと、なんて危なっかしいんだ……。

結局あの大好きだったミハイルは、ミハイルのままだったということだ。

そして今も昔と同じように、このミハイルに惹《ひ》かれてしまったということは。

もしかしたら、またこの記憶《きおく》がなくなったとしても、やっぱり私はこの人を好きになってしまうのかもしれない。なんてことだ。

しかしそれならもう諦めて、この運命を受け入れる覚悟を決めるべきなのだろう。

しかしそうなると、私には話し合わないといけないことがあった。

なにしろ彼に、「魔術師」の彼に、「魔力のない王女」が輿入れするかもしれないという話があるのだから。

「公爵様」

「…………ん？」

楽しげに空中を漂っていた公爵の視線が一瞬《いっしゅん》ゆらりと戸惑《とまど》うように揺れて、その後私の顔に戻った。うん、思考を中断させてごめんね。でも。

「……魔法陣は逃《に》げませんよ。でもお気持ちもわかる気がするので、私も今回お話ししたいことを簡潔にお話しします」

魔法陣は、私が帰ったあとに存分に没頭《ぼっとう》していただこう。

この人、楽しく魔法陣にばかり夢中になっていたら、よく知らない王女との結婚式《けっこんしき》の当日の朝だったなんてことになっていてもおかしくないな、と密かに思った。

「ああ、何かな？」

機嫌《きげん》を悪くもせずに素直《すなお》に聞いてくれるのはとても助かる。そして、

「今、世間で王女かもしれないと話題のマルガリータ嬢は、偽物《にせもの》かもしれません」

私はやっと、自分が抱《いだ》いた疑問についての話を始めたのだった。

マリーは、あの「砂地で魔法陣ばかり描いていたミハイル」が学院を卒業していったころは、まだ幼稚《ようち》部にいたはずだった。

幼稚部は学院に併設《へいせつ》された孤児《こじ》院みたいなもので、普段《ふだん》は全く別の建物の中で生活をするから接点はほとんど無かっただろう。そして接点があったとしても、おそらく彼は当時から魔法陣以外にはあまり注意を払《はら》わなかったのではないか。

それに魔女は容姿が美しい人が多いので、マリーがどれほどの美少女だったとしても学院や幼稚部の中で特別に人目を引くというほどにはならない。そう思って確認したら、やはり当時の「ミハイル」もマリーについての記憶は無いようだった。

「金髪《きんぱつ》の綺麗な顔の子なんてたくさんいたからね」

そう、その程度の認識《にんしき》になるのだ。

「でも、たしかに今思い出す限りあれは王家の紋章《もんしょう》でした。他に『魔女』なのにそんなものを持っている人なんていないと思うのです」

「そうだね。調査はした方がいいね」

そう言って、公爵も全面的に協力してくれることになったのだった。

その結果私は、久しぶりに懐《なつ》かしのデ・ロスティ学院の前に降り立った。

アーデン公爵と共に。

学院にいたときには雲の上の存在で滅多《めった》に顔を見ることもなかった学院長が、アーデン公爵の前では非常に丁寧《ていねい》な態度でペコペコするのが不思議な光景だった。

たしかこの人、いっつもとっても偉そうな人ではなかったか。

いや、本当に偉い人ではあるのだけれど。そんなことをぼんやりと考えていたら、

「エレンティナ・トラスフォート伯爵令嬢、このたびはアーデン公爵とのご婚約、誠《まこと》におめでとうございます」

と、なぜか私にまで妙《みょう》に丁寧な物言いで驚く。

はて？　と思いつつも、まあ一応は返すのだけれど。

「まあ、ありがとうございます」

にっこり。これぞ貴族の令嬢としてお手本のような完璧《かんぺき》な微笑みである。

私もこの学院を卒業してからは、実家で厳しい家庭教師によりお行儀《ぎょうぎ》やしきたりなどのお勉強をたたき込まれた。ならば今日はその成果を思う存分披露《ひろう》しようではないか！

もう私はただのおてんばですぐに怒《おこ》られちゃうここの学生ではないのよ、ふっふっふ。

「これでアーデン公爵家も安泰《あんたい》でございますね。理事長あってのこの学院、私も大変喜ん

でおります。理事の方々を代表して改めてお祝いを申し上げます」

「へ？」

あっさりと化けの皮が剝《は》がれた私だった。

学院長、そんな不思議な顔で私を見ないでいただきたい。

理事長？　なんの話？

私はそっと隣《となり》に立っている公爵の方を見た。すると。

「えっ、なに？　……あ、言ってなかった？」

なにそれ「きょとん」って。そんな純粋《じゅんすい》な瞳で私を見返しても、私の驚きは少しも緩《かん》和《わ》されていませんが？

「……理事長？」

「ああうん、今は私のことだね。この学院は我が家の先祖が設立したから、代々公爵位を継《つ》いだ人間が理事長職にもつくのが伝統なんだ」

「へ、えええええ～？」

そんな情報は言っておいてくれないと、もしここで私が対応を誤ってしまったらどうするんだ！　先に言っておいて！

が、まさか学院長の前で喧嘩《けんか》するわけにもいかず、私は「まあ知らなかったわ。そうだったのね」とちょっとぎこちないかもしれないが、なんとか微笑みを返せたのは我が強い意志の勝利である。万歳《ばんざい》。

しかしここまで来る馬車の中でも、十分時間があったじゃないか。

さてはこの人、どうせ魔法陣のことでも考えていて、その後の段取りとか根回しなんて、チラとも考えなかったな？

そんな真実も知らないで私は、真剣な表情で寡黙《かもく》に外の風景を見ている彼の横顔があまりにも美しくて、さすが魔術師でもある公爵様、きっとマルガリータ王女の問題についていろいろ考えているのね、なんてうっかり感心してしまっていたじゃあないか。なのに。

もう、ときめいて損したよ……。

私は「どうしてあの空いた時間に説明しておいてくれなかったのか」という思いを隠せずに思わず半眼になって隣の公爵様を睨《にら》んだ。

そんな純粋なまなざしで私に「え？　なに？」みたいな顔をしてもダメなんですからね？　本当にわからないなら後できっちり説明させていただきますからね？　だいたいこんなことを繰《く》り返《かえ》されたら――

「で、では早速、お尋《たず》ねのマリー・デトロワについてなのですが」

どうやら私の微妙《びみょう》な機嫌を察したらしい学院長が、そう言ってそそくさと生徒の情報が書いてあるらしいファイルを取り出し始めたのだった。

「あ、ああ、すまないね。ありがとう」

「えー、この個人ファイルの記載《きさい》では、彼女をこの学院に託《たく》したのがデトロワ家の関係者だったということで、マリーには現在デトロワ姓《せい》がついております。が、デトロワ家との血縁《けつえん》関係は不明のようですな。それ以上の詳《くわ》しいことはここには載《の》っておりません。そして改めて現在のデトロワ家当主のデトロワ子爵《ししゃく》に確認をとりましたところ、子爵の方からもそんな娘《むすめ》は知らないので引き取りも関係も拒否《きょひ》するというお手紙が届きました」

悲しいことだが、魔女の家族が魔女本人を拒絶することがないわけではなかった。

なにしろその子が何かのはずみに魔女だとバレたら即刻家ごと貴族社会でつまはじき、ゆくゆくはお家断絶の可能性もあるとなると、他の子を守るために迎《むか》え入《い》れないという決断をする家もあるのだ。

最初からそのつもりの場合はマリーのように、学院に入れる時から身元が伏《ふ》せられることもある。この学院には、「捨て子」が何人もいるのだ。

「では両親が誰だかはわからない？」

「出身の詳しい記載はありません。ただマリーと共に預けられたものから察するに事情がある娘のようですから、詳しい調査もいたしませんでした」

「ブローチのことだな。それでそのマリーには今日会えるだろうか」

「はい、別室に呼んでおります。ご案内いたします」

そうして私は、久しぶりにマリーと再会したのだった。

久しぶりに会ったマリーは成長してさらにその美貌に磨《みが》きがかかり、ふわふわの輝《かがや》く黄金の長い髪と、意志の強そうな黄金の瞳をきらめかせていた。

そんな美しい、天使か女神《めがみ》を描いた絵画からそのまま抜《ぬ》け出《だ》してきたかのような少女は、私を見た瞬間にぱあっと表情を明るくして嬉しそうに叫《さけ》んだ。

「エレンティナお姉様！　お久しぶりです！」

「マリー！　お元気そうで嬉しいわ！」

そして私たちはひしと抱《だ》き合《あ》って再会を喜び合ったのだった。

マリーは私があのブローチに封印魔法をかけたときからとても私を慕《した》ってくれて、私をお姉様と呼んでくれていた。

そんなマリーは、今の私の姿を見て感心したように言った。

「それにしてもお姉様、見事な魔法ですね。あの美しかったお姉様が全く別人のようですわ。でもお顔をちゃんと見るとやっぱりエレンティナお姉様で、本当に懐かしいです」

って、とんでもない美少女に言われても、微妙な笑顔になってしまうのだけれど。

マリー、あなたの方がずっとずっと美しいのよ……。

が、そんな二人のすぐ横で、

「そういえばエレンティナ、この学院では元の姿でも大丈夫《だいじょうぶ》だよ？　私も久しぶりにあなたの本当の姿を見たいな」

と無邪気《むじゃき》におっしゃる公爵が一人。

そういえば婚約しているというのに、再会してからアーデン公爵に私の本来の姿を見せたことはなかったなと思い出した。

「え……見たいですか？」

「そうだね。銀髪《ぎんぱつ》で金の瞳のあなたを見たのは、私がこの学院を卒業したときが最後だから。今はさぞかし美しくなったのだろうと思っているよ」

と、この絶世の美女の前でこんな美しい男性に言われても、ちょっと怯《ひる》んでしまうのだけれど。この美の化身《けしん》みたいな二人の前で、私のお粗末《そまつ》な姿を見せてもよいものか。見劣《みおと》りして悲しくない？

とはちょっと思ったが、まあ、ここでもったいぶっても期待が膨《ふく》らむばかりになるのも困るので、では、と私は覚悟を決めてその場で魔法を解いたのだった。

誰かの前でこの姿になるのは何年ぶりだろうか。

目の端《はし》に映る私の銀の髪がキラキラと、部屋に差し込んでいる日の光を反射した。

「まあエレンティナお姉様、なんて美しいの……！」

「ああ、昔の君の面影《おもかげ》があるね。そしてさらに美しくなった……」

そう言って公爵は思わずといった感じで私の顔を両手で包み、まるで私が眩《まぶ》しいかのように目を細めながら懐かしそうにしみじみと眺《なが》めるのだった。

「あの……ちょっと顔が近いのでは……？」

「ん？」

「手を……」

「ん……？」

「あの、そんなに変わりませんよ⁉　そこまで珍しくは！」

あたたかな手が顔を包み、美の化身のような顔面が間近に迫《せま》るその迫力《はくりょく》にあっさりと負けた私は、慌《あわ》てて公爵の手を無理矢理引き剝がして急いでマリーにくっついたのだった。

なんだか残念そうに自分の手を見つめている公爵だけれど、いやあれ以上は私の心臓が持ちませんから！　なんでしょんぼりしているんだ。

そんな私たちはその後もしばらくは思い出話をしていたのだが、とうとう公爵が本題を切り出した。

「ところで、あなたが持っている形見のブローチというのを見せてもらってもいいだろうか」

「はい。ここに持ってきました」

マリーも予想していたのか、見覚えのある一つのブローチをポケットから取り出した。

それは、一見模造宝石で作られたありきたりなブローチ。でも。

私はマリーからブローチを預かると、その場で私が昔にかけた封印の魔法を解いた。

するとたちまちブローチは姿を変えて、キラキラと美しい輝きを放ち始める。

そしてその裏側に浮かび上がったのは、紋章。

「これが……」

「私がこの学院に捨てられたときに、お母様の手紙の中にあったと聞いています」

マリーはまるでそのブローチが恋《こ》い焦《こ》がれる母であるかのように見つめ、少し寂しそうに言った。

マリーは母親の顔を知らない。もちろん父親のことも。だから彼女はこの母への唯一《ゆいいつ》の手がかりでもあるブローチをとても大切に思っているのだ。

しばらくブローチの裏にある紋章を見つめていた公爵が言った。

「たしかに、これは王の紋章だ」

「王？　王家の、じゃなくて？」

「他の王族の紋章とはここが……この花びらの数が違う。五枚の花びらは王だけが使う紋章となる」

王の紋章……。

それは、このブローチが王の所有物だったということを意味する。

「王がマリーのお母様に贈《おく》って、それをマリーが受け継いだということかしら？」

でも公爵は、ブローチの裏を見ながらさらに言った。

「マリー、あなたは今何歳《なんさい》かな？」

「十六になったばかりです」

「このブローチの裏には、飾《かざ》り文字で『マルガリータへ贈る』と記してある。マルガリータという名前に何か覚えはあるかな？」

「母の名前だとばかり」

「しかし私の記憶にある限り、マルガリータという名前の女性は現王と前王の周辺では現王の現在行方《ゆくえ》不明とされている庶子《しょし》の一人しかいない。そしてその庶子は今、生きていたらだいたいあなたくらいの年齢《ねんれい》になっているはずだ」

「……」

そして沈黙《ちんもく》が落ちたのだった。

私の推測は、おそらく当たっていたのだろう。ただ、マリーはそのことを知らなかったのかもしれない。

彼女はそのまま押《お》し黙《だま》ってしまった。

「このブローチが十六年前からここにあったのだとしたら、おそらくこちらが本物だろう。ということは、オルセン男爵《だんしゃく》、謀《はか》ったな」

アーデン公爵が、呟《つぶや》いた。

マリーに両親の記憶はない。この学院の前で拾われたのだと聞かされて育ったそうだ。拾われた当時、生母らしき人からの手紙が添《そ》えられていて、そこに書かれていたのはただ一言、「自由に、健《すこ》やかに」であったと、この前マリーは言っていた。だから彼女は、決して愛されていなかったから捨てられたのではない。

しかしこの十六年の間、彼女を引き取ると言ってくる親族どころか、面会に訪《おとず》れる人さえも全く現れなかったということだ。

またしばらくして、再度学院を訪れたアーデン公爵は、マリーに言った。

「あなたが望めば、今なら王に報告して王女と認めてもらうことができるかもしれない」

マリーは、先日の衝撃《しょうげき》からはすっかり立ち直ったかのような落ち着きで公爵の話を聞いていた。

その日はマリーがおそらくマルガリータ王女本人だろうという前提で、公爵がその地位と権力を総動員して調査をした結果を知らせに来ていた。

結果からいうと、マリーの痕跡《こんせき》は、それは見事に消されていた。見事なほど全くどこにも記録が見つからないのだ。

そしてその調査の過程で、皮肉なことにオルセン男爵が保護したというマルガリータ嬢の記録ばかりが集まった。

こうなるともう、王権によって「隠された」のがどちらのマルガリータなのかは一目《いちもく》瞭然《りょうぜん》なのだった。

もともとこの学院も世間からは全く認知《にんち》されないように「隠されている」存在なので、そこで赤《あか》ん坊《ぼう》の頃《ころ》からずっと暮らしているマリー・デトロワという身元不明の女性の存在自体が、公にはこの国のどこにも存在しなかった。

かたやオルセン男爵の保護した令嬢の方は、平民のどの家の生まれで、どう育って、オルセン男爵にどこでどのように拾われたのかも判明してしまった。

あのマルガリータ嬢は、明らかにオルセン男爵がでっちあげた偽物だった。

公爵は続けた。

「実は今、我が国は北の強国ルトリア王国から王族同士の婚姻を申し込まれているのだが、唯一の王女であるマルセラ王女はまだ子どもで、しかも生母の王妃が激しく抵抗《ていこう》していると聞く。そのため王も今のところ、王女の年齢を理由に猶予《ゆうよ》を引き出して結論を先送りにしている状況だ。他に差し出せるような王族の女性がいればいいんだが、残念ながら今はいない」

「ルトリア……本で読んだことがあります」

「王はルトリアに嫁がせる王族を今とても必要としている。だからそのために、今なら王はあなたを娘と認める可能性が高い。しかしその代わりに、あなたはおそらくはすぐにルトリア王国へ嫁ぐことになるだろう」

王の娘として、政治の道具にされる。

マリーが出自を明らかにしたときの代償《だいしょう》はあまりにも大きかった。

私は言った。

「もちろんこのまま学院に残って今のまま、穏《おだ》やかに暮らすことも出来るの。私たちが黙ってさえいれば、それは簡単に実現する。私たちはあなたの望まないことはしないわ」

私は私よりも若い、まだ十代半ばの女性に人生の決断を迫っていることをわかっている。

マリーの母の言葉「自由に、健やかに」という意味が今はとてもよくわかる。

出自が明らかになってしまったら、おそらく彼女は自由に生きることが出来なくなるだろう。魔女の王女。それはあまりにセンセーショナルだ。命だって狙われるかもしれない。

でもマリーは、その黄金の豊かな髪をお日様の光にキラキラさせながら、穏やかに笑って言った。

「私、自分が王様の娘かもしれないと知ったあの時から、実は少し自分でも調べてみたんです。今の王家やこの国のこと。だからその政略婚《せいりゃくこん》のことも知っていました」

それは、凜《りん》とした姿だった。

「ルトリアには魔法を使う人が普通にいるそうだ。そしてそれは公に認められているという。我が国が頑なに『魔女』の流入を拒んで国交を厳しく制限しているせいで情報があまり入ってこないのだが、おそらくは文化や考え方がこの国とは全く違うだろう」

公爵は心配そうな顔をしていた。

もともと仲が良いわけではない国同士の政略結婚だ。幸せになれる可能性はどれほどあるのだろうか。体の良い人質《ひとじち》として、どんな生活が待っているかわからない。

それでもマリーはゆっくりと、慎重《しんちょう》に言った。

「それも、少しですけれども新聞や本で読みました。それで私、思ったのです。私が本当に王様の娘なのだったら、私はその役割を果たすべきではないかと」

「マリー……」

「私、嬉しかったんです。自分の親が誰なのかがわかって。私は今までずっとここで暮らしていたけれど、実はあまり生きている実感がなかったのです。私は今までどこの誰でもない、ただここにいるだけの存在だった。そしてこのままずっと、どこからも誰からも必要とされない、どこの誰でもない存在としてただ漠然《ばくぜん》と一生ここにいるのだろうと思っていたのです。でも、私が誰なのかがわかったのなら、その誰かとして生きてみたい。それが王様の娘だろうと、花屋の娘だろうと、私は私の生まれた場所で人生を歩んでみたいのです」

マリーはきっと何日も考えたのだろう。もう、すっきりとした、迷いのない表情をしていた。

「では、私から王にそう報告することにするよ。あなたのブローチを一時預かることになる。王に報告をしてしまったら、おそらくはもう無かったことにはできなくなるが、それでもいいんだね？」

公爵が最後に念を押した。

「はい。よろしくお願いします」

マリーは公爵に深々と頭を下げた。

「王に何か伝えたいことはあるかな？」

「……いつか、私の母のことを教えていただけたら嬉しいと」

「わかった」

そうして私たちは学院を後にしたのだった。


全ては秘密裏《り》に行われた。

だいたいマリーのいたところが国の秘密でもあるのだから当然のことなのだが。

公爵という地位は、王にこっそり報告するのにはとても良い地位である。男爵が王に会おうとするよりもはるかに手間がいらない。

アーデン公爵は本物のマルガリータ王女を見つけたこと、そしてマルガリータ王女本人の意思を王に伝えた。

私が公爵に後から聞いたところによると、王は公爵の報告を聞くと大きなため息を一つついて、「それで、私の娘は元気だったか？」と聞いたとのことだった。王は、自分の娘がどこにいるのかを知っていたらしい。

どうやら証拠《しょうこ》なんていらなかったようだ。

王家は、これで魔力のある人間を少なくとも二人、生み出したことになる。

このことが表に出たら、もはや魔女を国から排斥《はいせき》し続けることは難しいだろう。

アーデン公爵はそう王に進言して、マルガリータ王女の後見を申し出たのだった。

我々は、魔女であるマルガリータ王女を守る。だから、もう隠さないでほしい。

……まあ、どうせ隣国《りんごく》に嫁いだらバレちゃうしね。

魔術師が山ほどいるところに魔女を送って、隠しきれるとは到底《とうてい》思えない。

王はオルセン男爵が見つけたというマルガリータ嬢が最初から偽物だとわかっていた。

でも同時に今は政略結婚の駒《こま》も切実に欲《ほっ》していた。

だからそのまま娘だということにして、ルトリアに送ることも考えていたようだ。

本物は安全な場所で何も知らずに幸せに暮らしている。そう信じていたから、これまではその本物の娘を魔女だと認めた上で表舞台《おもてぶたい》に引っ張り出すつもりはなかったらしい。

幸い男爵の差し出した娘には、魔力が無かった。そのことは、さまざまな不都合な真実を隠すのにはとても都合が良かったのだ。

しかしここで本物のマルガリータ王女、つまりはマリーの意思を聞いたことで、王も重い腰《こし》を上げることにしたようだった。

どうせ今の魔女を追放する体制は、もう長くは持たない。

改めてアーデン公爵が調べたところ、特に資料が詳しく残っている学院のここ二百年のうちでも、ほぼ全ての貴族の家から少なくとも一人の子弟《してい》があのデ・ロスティ学院に送られていたことが判明した。中には二人三人と送っている家も少なくなかった。

「魔女の血が広まっているとは思っていたが、まさかここまでとはね」

調べたアーデン公爵自身がこの事実に驚いて、苦笑《くしょう》しながら私に言ったくらいだ。

「それはつまり、貴族のほぼ全ての家があの学院の存在を知っていたということ……？」

「そう。もはや貴族の家で、魔女の血が入っていない家はないだろう」

あの学院の存在は、学院を卒業した魔女たちが口伝で語り継いできた。いつか生まれるかもしれない魔力を持った子孫のために、その学院の存在と保護を求める方法を脈々と親から子へと語り継いできたのだ。

家の外では固く口を閉ざし、素知らぬ顔をしながら。

（なのに、ほぼ全ての貴族の家が知っている……）

公然の秘密。そんな言葉が思い出された。

もちろんその結果に、アーデン公爵が俄然《がぜん》強気になったのは言うまでもない。

　そうして、マルガリータ王女をお披露目《ひろめ》する計画が水面下で進んでいったのだった。

「マリー、いいえマルガリータ王女、王宮での受け入れ態勢が整うまでのしばらくの間、このアーデン公爵《こうしゃく》家に滞在《たいざい》していただくことになりました。まずはここで、この国での貴族としての基本を学んでいただくことになるそうです」

　私はその間の、マリーの話し相手兼《けん》お世話係を買って出た。公爵様も仲の良かった私がマリーのそばにいた方がいいだろうと快く受け入れてくれた。

「そうしたら君は毎日うちに来るんだよね？　では一緒《いっしょ》に昼食を取ろう。ダメならお茶だけでも一緒に」

　そんな最近は嬉《うれ》しげな幻《まぼろし》の尻尾《しっぽ》が出っぱなしに見えるミハイルだけでなく、その意を汲《く》んだ執事《しつじ》セバスによって、公爵邸《てい》にマリーだけでなく私専用の私室までもがあっという間に手配されたということは、きっとセバスにも歓迎《かんげい》されているのだろう。

　そしてマリーはというと。

「まあお姉様。どうか今までマリーとお呼びください。私、学院の外に出るのは生まれて初めてで、とても心細いのです。お姉様がいてくださって本当によかった。私はここでお世話になりますが、お姉様もたくさん会いに来てくださいね……！」

と大変喜んでくれたのだった。

ああそう言って縋《すが》ってくる美少女のなんと可愛《かわい》らしいことでしょうか！

私はできるだけ毎日来ようと心の中で改めて誓《ちか》ったのだった。

「もちろんですわ。マリーのお勉強の後には、ぜひ一緒にお茶をしましょうね」

そんな風に手と手を取り合う私たちを、執事セバスがにこにこと見ていた。

その後マリーは早速《さっそく》あの魔法陣《まほうじん》の部屋たちを、たいへん得意気なアーデン公爵、いやミハイルによって見せられていた。

マリーは「まあすごい……こんな部屋、学院にもありません」と驚《おどろ》いた後、その場でまた滔々《とうとう》と語り始めてしまい全く終わる気配を見せない公爵に困惑《こんわく》して私に助けを求める視線を送ってきたので、私が公爵の説明をさりげなく切り上げさせてお茶に誘《さそ》った。

うん、なんだか最近、こういうのに慣れてきた気がするよ……。

そんな感じでマリーが公爵邸で暮らし始めてしばらくたったある日、日当たりの良い公爵家のサロンで私たち二人がこれからの生活を語り合っていると、そこに公爵がやってきて小さな石のついた指輪を見せたのだった。

「マルガリータ王女、これをおつけください。私が開発した最新の魔法陣がこの指輪の石に刻まれています。エレンティナの封印魔法《まほう》と同じ効果を出せるようにしたのですよ。だからこの指輪をはめている間は、あなたの瞳《ひとみ》は何があっても黄金の色を失って、元の色のままとなるでしょう。ちょっとしたお守りです」

公爵が得意気に言った。なにやら最近またあの部屋に籠《こ》もっているなと思ったら、どうやらそんなものを作っていたらしい。

マリーは、あの学院から出る予定がなかったので瞳の黄金を消す訓練をサボってしまい、そのため実は今でも瞳の色を隠《かく》すのが苦手なのだという。

しかしそれではこの国では危険だとミハイルは判断したのだろう。

マリーがその指輪をはめると、たちまちマリーの黄金の瞳は輝《かがや》きを失って澄《す》んだ碧《あお》い瞳に変わった。それは、王と同じ瞳の色。

「まあ、なんて綺麗《きれい》……」

キラキラの金の髪《かみ》に碧い瞳がとても美しく調和して、私は思わず感嘆《かんたん》の声を上げた。

マリーはしみじみと鏡の中の新しい瞳の色を眺《なが》めていた。

魔力《まりょく》が瞳に現れて金色に見えるのだけれど、その魔力が出ないようにすれば、元々の生まれたままの瞳の色が見えるようになる。彼女の瞳は綺麗な綺麗な、碧だったのだ。

そんなマリーは、なんとパーティーやお茶会などには一切《いっさい》出席していないというのに「アーデン公爵家の美しい客人」としてその存在の噂《うわさ》が広まるのは早かった。

一体どこの誰《だれ》なのかと、もう紳士《しんし》も淑女《しゅくじょ》も興味津々《きょうみしんしん》のようで。

なのにアーデン公爵自身は周囲に聞かれるたびに「一時的に遠縁《とおえん》の娘《むすめ》を預かっている」とだけ言うものだから、ますます誰なのかという憶測《おくそく》を呼んだようだ。

遠縁……そうね、そうとも言うわね。王家と公爵家は確かに縁戚ですからね……。

しかしそのせいで、最近は噂好きな例のご婦人たちが連日我が家に来ては「アーデン公爵家で暮らしているらしい美少女」の話をしに来るようになってしまった。

とにかく毎日探《さぐ》りを入れようと誰かしら来るから、なかなか家にいても落ち着かない。

だけれどそれとほぼ同時に、マリーのあまりの若さと美しさを知った、今までアーデン公爵を追いかけては気を引こうと頑張《がんば》っていた令嬢《れいじょう》たちが完全に黙《だま》ってしまったのが面白《おもしろ》かった。

まあね、なにしろマリーは公爵家に住んでいるのだから、勝ち目がないと思うのが普通《ふつう》だろう。でもね、私に同情の視線を送ってくるのは余計だと思うのよ。

きっとみなさん、私が二度目の婚約破棄《こんやくはき》をされる日は近いと確信しているのだろう。

私は今まで通りの限りなく地味な容姿を保っていたから、もはやマリーとは天と地、全く勝ち目なんてなくて、もうざまあを通《とお》り越《こ》して可哀想《かわいそう》にという視線が常にグサグサと突《つ》き刺《さ》さるようになった。

わかるよ。確かに公爵とマリーが並ぶと目も眩むような美しさだから。ああ眼福。

だからそんな状況《じょうきょう》で、そのいろいろと煩《わずら》わしいことから私が逃《のが》れた先がアーデン公爵家だったとしても、それは自然な流れよね。しかもそこにマリーもいるのならなおさら。

ということで、もう本当に毎日通うようになった。

それが美貌《びぼう》の婚約者を逃《に》がすまいと必死になっている地味子のむなしい足掻《あが》きだと噂になっていても、もうどうでもいいです。私は私で楽しくやるのよ。

私たちは時間を見つけては、私がマリーにも封印《ふういん》魔法をかけ、私と同じような地味な容姿に姿を変えて一緒に町へお買い物に行ったりお茶をしに行ったりして楽しんだ。

彼女にとってはおそらくこれが最初で最後の、この国での自由な時間となるだろうから。

本当にこれでいいのかとついつい私が聞く度《たび》に、マリーはもちろんと笑顔《えがお》で答えた。

そしてマリーは大いにお買い物を楽しみ、お茶やお菓子《かし》やご馳走《ちそう》を堪能《たんのう》し、本屋を巡《めぐ》り公園や町並みを散歩してはこの国の王都を目に焼き付けていた。

王宮が幻のマルガリータ王女をお披露目するという噂は前から出ていた。

だから、王宮が王太子の誕生日を祝うパーティーの招待状を配りはじめたあたりから、そこでお披露目されるのではないかともっぱらの噂だった。

その通りである。そこで、マリーは王女としてデビューする。

そして同時に、ルトリア王国の王太子との婚約も発表される段取りとなっていた。

裏方はもう大騒《おおさわ》ぎ。

まずはマリーの輿入《こしい》れをルトリア王国に了承《りょうしょう》してもらう。

その後マリーのデビューの細かな段取りと後方支援《しえん》の方策を極秘《ごくひ》で詰《つ》める。

今まで何かと渋《しぶ》っていた我が国が前向きになったことで、国同士の婚約はあっという間に成立した。もちろん、本人同士は最後まで面識はないままに。

これは政治の問題であり、お互《たが》いの好みや愛情なんて関係のない話なのだ。

それでもマリーはそれを粛々《しゅくしゅく》と受け入れていた。

私が本当にいいのかとついまた聞くと、マリーはにっこりとして、

「はい。もともと私は一生をあの学院の敷地《しきち》内で終えると思っていたのです。でも今は外に出て広い世界を見られるのが嬉しいのです。今まで知らなかったたくさんのことを、この目で見て知ることができるのが幸せで。それに私に役割があることも嬉しいのですわ」

そう言うマリーは、もうすっかり覚悟《かくご》を決めているようだった。

「マリー。何かあったら、私が全力でお手伝いするからね……！」

「お姉様……！」

それが、王宮へと居を移すデビュー前のマリーとの最後の会話だった。

そして、あっという間にマリーのデビューの日はやってきた。

さすが王宮、そして王太子の誕生日のお祝いともなると、それはそれは大規模に、そし

て華《はな》やかに催《もよお》される。ほぼ全ての貴族が出席しているのではと思われるほど、広大なホールには人々が集っていた。

人々は豪華《ごうか》に着飾《きかざ》って会場をそぞろ歩き美味なる料理をつまみ、酒をたしなみつつ談《だん》笑《しょう》して……はいない人も一定数いるのだが。

「あれは誰だ……？　アーデン公爵の隣《となり》にいる令嬢は……？」

「あれが噂の『遠縁の娘』なの……？　噂通りの驚くほど綺麗な人ね」

「いやその令嬢はたしか金髪《きんぱつ》だと聞いているぞ。だがあの令嬢は銀髪《ぎんぱつ》に見える」

「私が聞いたその噂の令嬢は髪がふわふわとしていたそうだ。でもあの令嬢の髪は流れ落ちる水のように真《ま》っ直《す》ぐだな。だが私もあれほど美しい人は初めて……いや……？」

「あれは……！」

パーティーの本日の主役が登場する前に、会場にいる人々の関心を一身に集めていたのは、なんと私だった。

ええ、私もアーデン公爵と一緒に出席しているのですよ。

本来の魔女《まじょ》の姿で。

私はこの日、今まで自分にかけていた全ての魔法を取《と》り払《はら》っていた。

前からもちろん顔の造作は変えておらず、ただ色彩《しきさい》と印象だけを元に戻《もど》しただけの私は、それでも今までの地味な印象からは別人のように見えるだろう。でもよく見ればちゃんと

私、エレンティナ・トラスフォートだとわかるはず。

「なんて美しいの……。輝く銀の髪に白い肌《はだ》、そして……え……？」

「あの……瞳の色は……！」

そう、だから瞳の色も、黄金の瞳のまま。

久しぶりに改めて見た本来の自分の姿は魔力の強い魔女らしく、白銀の煌《きら》めきをまとった魔女らしい華やかな容姿だった。

そんな私が公爵家と我が伯爵《はくしゃく》家の威信《いしん》をかけてあつらえた最高級のドレスと宝飾《ほうしょく》品を身に纏《まと》うと、それはもう煌びやかさが自分でも驚くほどで。

「あの……ここまでする必要はあったのでしょうか……？」

「なにを言うんだ、ティナ。まだまだ足りないくらいだよ。私の愛《いと》しい婚約者がどれほど美しいのかを示すには、これっぽっちの宝石では全く足りなかったな。どうしてあの店はこんなものしか置いていなかったのだろう。本当に残念だ」

「いやあの店、王室御用達《ごようたし》の最高級宝飾品店ですからね……？　あそこに無いものはもう、この国のどこにもありませんよ……」

私は「アーデン公爵からの婚約を記念しての贈《おく》り物《もの》」を首にかけ、その巨大《きょだい》なサファイアとそれを取り巻く大量のダイアモンドの重さに首が負けそうになりながら言った。

しかもなんとドレスにも山ほどの宝石が縫《ぬ》い付《つ》けられていて、私が動くたびにパーティー会場の明かりをキラキラと反射する仕様になっている。

一体これ以上どうするつもりだったんだ？　なのに。

「残念だな。このネックレスやドレスでも君の美しさと愛らしさを十分に引き出すことが出来なかったとは」

そんな事を言いつつうっとりとした表情でぴったりと私に寄《よ》り添《そ》う、やはり超絶美形《ちょうぜつ》のアーデン公爵である。その首元で純白のクラヴァットを留めているのは、私とお揃《そろ》いであつらえた巨大なサファイアとダイアモンドのピンだった。

「ほら、ティナとお揃いなんだよ」

そう言って「お揃いのアクセサリー」を手に入れご満悦《まんえつ》で見せてくれたその様子はたいへん微笑《ほほえ》ましいとはいえ、そんなミハイルのちょっとした思いつきに費《つい》やされたとんでもない金額を思うと私は開いた口が塞《ふさ》がらなかった。

しかしそんな公爵も今は、常に私をとても大切な宝物のように見つめ、見たことのないほどの幸せそうな笑《え》みを浮《う》かべ、そして近づいてくる人たちからはさりげなく私を離《はな》すようにリードして誰の目にもわかるように私を独占《どくせん》している。

そして私もそんな彼のことをこの黄金の瞳で見上げ、微笑みかけて。

私たちはうっとりと見つめあい、微笑みを交《か》わし、お互いが至上の喜びなのだと周りの人々に態度で示していた。

しかしそれを見た全ての人たちは動揺《どうよう》しているようだった。ざわざわヒソヒソと言葉を交わす人、唖然《あぜん》としている人、怖《こわ》がっているのか真っ青になっている人もいる。

なにしろ「魔女」の登場である。

しかも歴史上ここまで堂々と王宮に現れた魔女は、おそらくいない。

しかしさすがに私を魔女だとは思っても、なにしろ天下のアーデン公爵家の当主がぴったりと守るように寄り添っているので、そんな公爵の婚約者をこの王宮のど真ん中で「魔女だ！」と先陣《せんじん》を切って非難するような度胸のある貴族はいないようだった。

ああ高い身分万歳《ばんざい》。

もちろん他にも公爵家はあるのだけれど数はとても少ないので、そんな重要人物には事前に話を通してあった。王が事前に直々に呼び出して個別に説明したらしい。説明という名の命令というか、脅《おど》しというか。

ここで私がすでに「公爵夫人《ふじん》」になっていればもっと良かったのかもしれないけれど、残念ながらかつての私の希望で婚約期間を最大に延ばしてしまっていたために、結婚式《けっこんしき》はまだまだ先だった。

それでも今、アーデン公爵がぴったりと寄り添ってくれて、こちらを見る周囲の人々へは鋭《するど》く睨《にら》みをきかせてくれているおかげで危険は感じなかった。

この人、仕事となると突然《とつぜん》有能スイッチが入るらしく、今は惚《ほ》れ惚《ぼ》れするほどきりりとした頼《たの》もしい公爵様になっていた。とにかく纏う威厳《いげん》オーラが半端《はんぱ》ない。さすが公爵。ちゃんとオンとオフを切り替《きか》えられる人だった。

そんな彼が私のことを凝視《ぎょうし》する人たちを端《はし》から睨んでいくので、私の見える範囲《はんい》では、もう誰も何も言えずにただ驚きの表情で遠巻きにオロオロしているだけだ。

ふと視界に何か見覚えのあるものが映った気がしたのでそちらを見ると、かつての婚約者ロビンが完全に魂《たましい》が抜《ぬ》けたような顔をして固まっていた。口がぽっかりと開いている。

そういえば彼は私のことを散々地味だと言って嫌《いや》がっていたけれど、今後はその考えを改めてくれるかしら？

私はマリーと約束をしたのだ。全力でマリーを助けると。

だから今日、マリーだけを魔女としてお披露目はさせない。マリーには仲間がいて、彼女は決して孤独《こどく》ではないということを私は身をもって人々に示すのだ。

非難は二人で受け止める。

ただここで公爵まで「魔術師《まじゅつし》」だと公表するとさすがに反発の大きさが予想できないという意見が出て、今日の公爵は「名門公爵家の当主」という立ち位置となっている。

彼は我が国の名門大貴族として、今日「魔女の味方」を表明する。

その態度で、そして視線で。

誰もが私たちを遠巻きにして話しかけてくる人はいなかった。別にそれでいい。

今日の私は、この国には魔女が普通に存在することを証明するのが役目だから。

私は今、堂々とこの本来の私の姿を見せられるのが嬉しかった。

それがどんな波紋《はもん》を呼ぶかを知っていても。

隣でミハイルが私を守ってくれている限り、私は本来の私のままでもきっと大丈夫《だいじょうぶ》。

世間の荒波《あらなみ》を彼も一緒に受け止めてくれるというのなら、私は強く生きられる。

「忌《い》むべき魔女」ではなく、「誇《ほこ》り高《たか》い魔女」として。

そして満を持してファンファーレが鳴《な》り響《ひび》き、今日の主役である王太子がマルガリータ王女を伴《ともな》って現れたのだった。

今日のマリー、いやマルガリータ王女は本当に美しかった。

抜けるように白い肌と赤い唇《くちびる》、光り輝く黄金の豊かな髪と強く光る黄金の瞳。

それはもう、繊細《せんさい》な芸術品のような美しさで。

頭上に載《の》せているティアラの輝きなんてすっかり霞《かす》んでしまうくらいの神々《こうごう》しさ。

そんな彼女の姿を見て、会場が水を打ったように静まりかえった。

美しさに見とれて、ではなく、その黄金の瞳のために。

追放されるべき魔女が二人も、しかも堂々と姿を現すなんて、今まではあり得なかった。

しかもティアラをいただくということはその人は「王族」であり、そして王太子がエスコートしているということは、王が認めているということでもある。

そう。

王が、その王女を認めているのだ。

次第《しだい》にざわ……とざわめきが広がっていった。

そんな中、私を伴って涼《すず》しい顔をして進み出るアーデン公爵。

「王太子殿下《でんか》、お誕生日おめでとうございます」

そしてその美麗《びれい》な顔に天上の微笑みをのせて、優雅《ゆうが》な仕草で頭を垂れた。

……この人、ほんと仕事となると驚くほど別人になるよね。

そんなことを思いつつも、もちろんそんなことはおくびにも出さずに私も一緒になってご挨拶《あいさつ》をする。

「王太子殿下、お誕生日おめでとうございます」

私がお辞儀《じぎ》をすると、さらさらと銀の髪が顔の横を滑《すべ》っていった。

きらきらきら。会場の照明を反射して髪が輝く。

ほう、とどこからかため息が聞こえたような気がした。そして。

「……お、王太子殿下、お誕生日おめでとうございます！」

「……おめでとうございます！」

公爵と私の挨拶で、はっと我に返ったらしい貴族の面々が口々にお祝いを述べた。

「ありがとう」

王太子殿下は何事もなかったかのように普通に周囲の祝辞に返事をした。

そう、いつものように、当たり前のように。

まるでその腕《うで》に手をかけているのが忌むべき魔女ではないかのように。

そして言った。

「アーデン公爵も、婚約おめでとう。美しい婚約者で羨《うらや》ましい限りだ。トラスフォート伯爵令嬢も、おめでとう。どうかサイラスをよろしく頼む」

サイラスとは、アーデン公爵のファーストネームなのを私は思い出した。

「ありがとうございます殿下」

「ありがとう存じます、王太子殿下。彼に相応《ふさわ》しいように、精一杯《せいいっぱい》努めたいと思っております」

そう言って顔を上げた私とマリーの目が合った。

お互いにうふふと微笑みを交わす。王太子殿下、マルガリータ王女、そしてアーデン公爵と私との間には、穏《おだ》やかで和《なご》やかな空気が流れていた。

ぜひこのままもめ事もなく穏便《おんびん》に――

いくはずはもちろんなく。

「お、王太子殿下！　目を覚ましてください！　その女たちは『魔女』ではありませんか！　アーデン公爵もですぞ！　お二人揃って魔女に騙《だま》されているのです！　目を！　お覚ましくださいっ！」

叫《さけ》んだのは、オルセン男爵《だんしゃく》だった。非常にお怒《いか》りの表情である。

青筋を立てて目を剝《む》いて、つばを飛ばして叫んでいる。まあ汚《きたな》い……。

周りの貴族たちが、揃ってとても居心地《いごこち》の悪そうな顔をした。

アーデン公爵が、にこやかに返した。

「オルセン男爵、私は騙されてなどいませんよ」

しかしオルセン男爵はさらに叫ぶ。

「アーデン公爵、ではあなたの隣にいる婚約者だというその女は『魔女』ではないと言い張るおつもりですか!? その瞳、まごうこと無き『魔女』の瞳ではありませんか！ 伝説通りの、金色に光る邪悪《じゃあく》な瞳です！ その女は即刻《そっこく》追放するべきです！」

「オルセン男爵」

王太子殿下が遮《さえぎ》った。しかし自信満々なオルセン男爵は止まる気はなかったらしい。

「王太子殿下！ 殿下の隣にいらっしゃる女も、明らかに『魔女』ではありませんか！ どうしてその手で追放されないのですか！」

しかし王太子殿下は穏やかに言った。

「オルセン男爵、それはこれから説明しよう。――諸君も聞いてほしい」

「殿下！」

「オルセン男爵！　まずは王太子殿下のお言葉を聞きたまえ」

……アーデン公爵という人は、なぜこうもお仕事モードの時は威厳があるのか。

私はプライベートの時との落差がありすぎではないかと少々呆《あき》れながら、公爵から注意されてぐっと押し黙るオルセン男爵を眺めていた。

オルセン男爵が黙ったことで、王太子殿下はよく通る声で穏やかに話し始めた。

「今宵《こよい》のことはみなも不思議に思っただろうと思う。しかしここで紹介《しょうかい》させてほしい。この私の隣にいる女性こそ、長年離れて暮らしていた私の異母妹《いもうと》のマルガリータである」

王族を示すティアラをいただいている女性ということもあり、うすうすは誰もが察していたのだろう。殿下の言葉はそれほど動揺もなく沈黙《ちんもく》をもって受け入れられた。

ただ一人、怒りで顔を真っ赤にしているオルセン男爵以外は。

「マルガリータ王女……？　殿下、その女は『魔女』ですぞ！　王女であるはずがない！　殿下は『魔女』の術にはまって騙されているのです！　わたくしが見つけたマルガリータこそ、殿下のお異母妹《いもうと》様でございます！」

しかし話を中断された王太子殿下は、オルセン男爵を睨みながら言った。

「オルセン男爵、そなたが王女だと申し出ていたあの女性は、すでに王宮の鑑定《かんてい》で偽物《にせもの》だと証明された。そのまま保護を求められたため今は王宮で保護している。そなたにはいろいろ聞きたいことがあるから、後日要請《ようせい》に従い王宮に出頭したまえ」

「殿下⁉　そんなはずは！　アーデン公爵！　公爵も目を覚ましてください！　公爵も、まさかその隣にいる『魔女』と本気で結婚《けっこん》するおつもりではないでしょうな⁉　魔女は見かけだけは素晴《すば》らしいが中身は邪悪な存在であると、歴史が証明しているではありませんか！　そのような邪悪な存在を娶《めと》ろうとは、正気の沙汰《さた》ではありません！」

「……オルセン男爵。あなたは私の婚約者を侮辱《ぶじょく》しているのか？」

青筋をピキピキと立てて微笑む完璧《かんぺき》な美貌というものは、こうも恐《おそ》ろしいものなのかと思う私である。怖い。すごく怖い。威厳と美が揃って怒気《どき》を含《ふく》むとこれほど恐ろしいものだとは。

私はそんな公爵をなだめるように、そっと彼の腕に触《ふ》れた。

すると公爵は私に微笑みかけながら、私の腰《こし》に腕をまわしてそのまま自身に引き寄せた。

まるでこの女性が大切なのだ、そう態度で示すように。

「あ、アーデン公爵！　その美しさは毒なのです！　それよりもぜひ私の見つけ出した本物のマルガリータ王女をご所望《しょもう》くださいませ！　あの子が本物なのですから！」

「オルセン男爵。貴殿《きでん》が王女だという女性は偽物だったと王太子殿下がおっしゃったのを聞いていなかったのか？　まさか貴殿は王太子殿下が嘘《うそ》をついたと？」

「まあまあ、サイラス。愛しの婚約者殿《どの》を悪く言われて怒るのは仕方がないが、今は私に免《めん》じて落ち着け。さてオルセン男爵、今日は祝いの席だから言わないつもりだったのだが、そなたには今、王家の紋章《もんしょう》を偽造《ぎぞう》し私物化した嫌疑《けんぎ》がかけられているのはご存じかな？　そして今、私の異母妹とアーデン公爵の婚約者殿のことをなんと言った？　貴殿はもう屋《や》敷《しき》に帰り、頭を冷やした方がいいだろう。そして陛下からの沙汰を待ちたまえ」

王太子殿下が、オルセン男爵に冷たい視線を向けながら言った。

「殿下⁉　そんな！　そんなつもりは！　殿下！」

しかしオルセン男爵は、そのまま王太子殿下によってこの会場からつまみ出されたのだった。

衛兵に囲まれて追い立てられるように歩くオルセン男爵の顔は真っ青で、驚きとショックがありありと現れていた。オルセン男爵は自分の見つけた娘がマルガリータ王女として認められると、今日まで本気で信じていたのかもしれない。

実はその娘はとっくに偽物だと判明していたわけだが、そのまま本人が助けてくれと嘆《たん》願《がん》を始めたので、今は王宮で仕事を与《あた》えて保護していると公爵は言っていた。

そして王宮は、密《ひそ》かにオルセン男爵の紋章偽造や王女を騙《かた》った罪などの証拠《しょうこ》固めを進めていたのだった。なかなか巧妙《こうみょう》に隠されてはいたらしいが、それもそろそろ目《め》処《ど》がつくと聞いている。近々男爵のもとには逮捕《たいほ》状が届くだろう。

オルセン男爵が会場から去ると、王太子殿下が口を開いた。

「このマルガリータは『魔女』であったために今まで私たちとは離れて暮らさなければな

らなかったが、国のために貢献《こうけん》したいという彼女の尊い心がけを父上がお認めになり、このたび正式に王女としての身分が認められた。マルガリータはこれから王女として王宮に住むことになる。みなもよくしてやってほしい」

「みなさま、これからどうぞよろしく」

マルガリータ王女が穏やかに挨拶をした。それはこの上もなく美しく、そして威厳のある姿だった。

その姿に私たちだけでなく、その場の貴族の全員が頭を垂れたのだった。

そして王太子殿下はさらに続ける。

「そしてこのマルガリータはこのたび、隣国《りんごく》ルトリア王国から申し込まれていたルトリアの王太子との婚約が正式に整ったことをここにご報告する。彼女は国のために、隣国へと嫁《とつ》ぐことを決心してくれた。ぜひ祝ってやってほしい」

「それは……ご婚約、おめでとうございます！」

「おめでとうございます！　マルガリータ王女！」

その場の誰もがはっとした表情の後に、口々にお祝いを述べた。

貴族ならば、隣国ルトリア王国が邪悪な魔術の国であると全員が知っている。そしてその強大さと不気味さを大いに恐れてもいた。

だから政略結婚でルトリアへ輿入れするという彼女の献身《けんしん》的な行為《こうい》によって、マルガリータ王女の存在はおおむね肯定的《こうてい》に受け入れられたようだった。

「みなさま、どうもありがとう」

祝福の拍手《はくしゅ》に応えてそうにっこりとお礼の言葉を伝えるマリーの姿は、もう私を「お姉様」と呼ぶ可愛らしい女の子ではなくて、今や凛《りん》とした、どこから見ても威厳のある立派な王女の姿になっていたのだった。

こうして「魔女の王女」は、貴族の人たちに少なくとも表面上は受け入れられた。

そして一緒にいる私のことも、もう面と向かって非難する人はいない。

王と王太子が認め、公爵の一人が全面的に賛同している。その構図に今ここであえて声を上げて逆らえる貴族は他にいるだろうか？

おそらく誰もいない。それを私は知っていた。

なぜなら実はこの日のために、事前にアーデン公爵家からほぼ全ての貴族の家へ、

『魔女の一族へ、アーデン公爵からご挨拶申し上げる。そちらのお家《うち》にいらっしゃる魔女殿やその子孫の方々、これからもヨロシクね』

的なことをとてもとても丁寧《ていねい》に書いたお手紙が、秘密裏《り》に送られているのだから。

お前の家の「魔女」を把握《はあく》しているぞ。何かあったらいつでもバラすからな。

そんな意図に取られたはずだ。ほとんどの家が震《ふる》え上《あ》がったに違《ちが》いない。

「なぜアーデン公爵が知っているんだ……！」

「なんてこと……ああ、我が家はどうなってしまうの……」

「うちの家系に魔女がいると暴露《ばくろ》されたら大変なことになる。それだけは避《さ》けなければ」

「もしもそんなことになったらもう貴族社会で生きていけないわ！　私も子どもたちも一生後ろ指をさされながら生きるなんて、絶対に嫌よ！」

「アーデン公爵だけは怒らせないようにしないと。最悪家が断絶してしまう。これは大変なことになった……」

　おおむねこんな感じだろう。私には容易に想像がついた。

　貴族の方々は、魔女が生まれた時のために学院の存在とそこに保護してもらうための手段は知ってはいても、まさかその学院の総元締《そうもとじ》めがアーデン公爵家だとは知らなかった。

　だから魔女追放の親玉である王家にとても近いアーデン公爵家がその事実を把握していることに驚き、そして今日もアーデン公爵の機嫌《きげん》だけは損《そこ》ねないようにしなければと、手紙を受け取ったほとんどの貴族たちは固く心に決めてパーティーに来ていたはずなのだ。

　残念ながら、つい最近金で爵位《しゃくい》を買った裕福《ゆうふく》な商家の出であるオルセン男爵家にだけは魔女はいなかったのだが。

　しかしだからこそ彼は、魔女は見つけ次第即刻追放すべしとの貴族の表向きの掟《おきて》を文字通りに受け取って、そして今まで信じていたのだろう。

　まさか伝統ある貴族の家になればなるほど、脛《すね》に傷を持つとも思わずに。

脛に傷持つ貴族たちは思っただろう。

ここでこの二人の魔女を非難したら、即座《そくざ》にアーデン公爵に返《かえ》り討《う》ちにあって道連れにされる。ならばここは事を荒立《あらだ》てるわけにはいかない。

それにアーデン公爵が魔女を娶り、王太子と王が魔女である王女を認めるのならば、我が家の魔女ももしかしたら追放を見逃《みのが》してもらえるのではないか、とも。

うん、見逃すどころか全員きっちり取り込んで、きりきり働かそうとしているんだけれどね。

こうしてアーデン公爵家は魔女の味方としての立場を明らかにした。

そして王家も魔女である王女を公《おおやけ》に認めたことで、事実上魔女追放の伝統は崩《くず》れた。

きっとこれからは、誰かが誰かを魔女だと告発しても「即《そく》追放」は出来ない雰囲気《ふんいき》になる……といいな。

長年の価値観や伝統を覆《くつがえ》すのはきっととても難しいだろうけれど。

だけれど王家、特に若い王太子とこのミハイルが率先《そっせん》して私たち二人の魔女を堂々と守り、これから先の魔女の追放も阻止《そし》するように動く予定だ。もちろん私も。

だから少しずつ、変わっていくだろうと信じたい。きっと。

「や……っと終わりましたね。長かったような、あっという間だったような。でもなんとか予定通りにいって良かったです。マリーも立派だったし、私も追放されなかったし」

帰りの馬車の中で。私はとてつもなく重かった肩の荷《かたのに》を下ろして心からほっとしていた。

目の前のミハイルも、さっきからずっとにこにことした顔をしている。

「そうだね。オルセン男爵の出方も予想の範囲内だったし、他の追放肯定派も押さえ込めておおむね上手《うま》くいったと言えるだろう。唯一《ゆいいつ》残念だったのは、ティナの美しさと可愛らしさを全然見せびらかせられなかったことくらいかな」

「は？　あれで!?　あのあともあなた、得意気な顔でずっと私を連れ回した上にダンスだって何度も一緒に踊《おど》ったじゃない!?　一体あれ以上どうするつもりだったの……？　そうでなくても今日は最後までいたから私、もうへとへとよ……」

「うんうん頑張ったね、ティナ。今日はもうゆっくり休むと良いよ。セバスがきっと全て用意して今か今かと待っているから」

「は？　セバス？　公爵家に寄るの？　私もう家に帰るつもりだったのだけれど」

まだ何かあったっけ？　そう首をひねる私に目の前のミハイルは満面の笑みで言った。

「ティナはね、もうこれからはうちで暮らすんだよ。ああ楽しみだな、ティナと一緒に毎日食事をしたりお茶をしたり……ああ、庭を散歩するのも楽しそうだね。君との散歩は楽しいから……ねえ、ティナ。これからはもう、ずっと一緒だよ」

って。何をうっとりと言っているんだこの男は。

「何言ってるんです。まだ結婚前なのに同居とかないです。スキャンダルになりますよ」

「でももう今日君が魔女だと知られてしまったからね。これからは魔女追放派の人たちが、君に危害を加える可能性があるんだよ。中には過激派もいるからねえ。だからさっき君の父上と相談して、我が家で君を守ることになったんだ。我が家はそういうのが代々得意だからね！　お目付役に君の母上が一緒に来てくれることになったから、スキャンダルにもならないよ！」

ミハイルが、それはそれは清々《すがすが》しいほど良い笑顔をしているのだが。

「は？　なにを勝手に決めてるの？　いつの間に⁉　えっ、危害⁉」

「そう。セバスにはもう知らせたから、今頃《いまごろ》はきっと全部整えて待ってるよ」

「え？　だから聞いて？　私にも聞いて⁉　あなた根回しって知ってる⁉」

たしかに聞かれても答えは決まっているけど！　さすがに命は惜《お》しいからね！

でも一応は聞いてくれたっていいじゃない⁉　あ、だからさっきから浮かれていたの？

え、そんなに嬉しい⁉　でもこれほぼ誘拐《ゆうかい》では⁉

しかし結局私はそのまま、このミハイルの純粋《じゅんすい》に嬉しげなワンコの風情《ふぜい》とやっていることの落差に頭が混乱したまま、アーデン公爵家へと運び込まれてしまったのだった。

「詐欺《さぎ》よ……これは完璧に詐欺か誘拐よ……どういうこと……？」

そして私はそのしばらく後にはアーデン公爵邸の、マリーがいた頃《ころ》から用意されていた私のお部屋にある、ふかふかで豪奢《ごうしゃ》なソファでぐったりしながら唖然とそう呟《つぶや》いていた。

この部屋、まだあったのね……さすがセバス……。

なんと私は公爵邸に着くやいなや満面の笑みでセバスに迎《むか》え入《い》れられ、さっさともう引っ越して待機していたエマにお風呂《ふろ》に入れられ乾《かわ》かされての今である。気がつけばもう、全てが抵抗《ていこう》のしようもなく流れるように引き回されてしまった後だ。

なんなの、この家。主人を意のままに転がすのがやたら上手すぎないか？

「いやあお嬢様《じょうさま》、本当にすごいですね、このお館！　お嬢様のお部屋だけでも三部屋ですよ。しかもまだこれで仮住まいなんですって！」

なぜか私よりも先にこの公爵邸に馴染《なじ》んでしまったらしいエマが興奮気味に言う。が。

「そうね……驚くわね……。でもそれよりもなによりも、もうここに住むことの方が私には驚きなんだけど……」

「まあちょっと早かっただけですよ～誤差ですって誤差」

「そんなわけないでしょう！　こういうのはちゃんとしないと――」

その時ノックの音がして、この部屋に訪問者が。

ドアを開くとまあそうですよね、という感じでこの家の主人の姿があったのだった。

しかも初めて見るガウン姿で。なんてこと。

どうやらミハイルもお風呂に入ったらしい……という話ではないですね今は。ええ。

「ティナ、落ち着いた？　緊張《きんちょう》しているようだったらと思って、君の好きな果実酒を持ってきたんだ。飲むだろう？　きっとリラックス出来るよ。この果実酒は極上《ごくじょう》なんだ」

そんなご機嫌にグラスを持つ公爵様に、がっくりとため息をついた私。

「ミハイル……。夜に淑女の部屋を訪問するのはマナー違反《いはん》だというのは、もちろんあなたもご存じで――あ、エマ、どこに行くの⁉」

「ではおやすみなさいお嬢様～また明日～」

「ああ、やっぱり本当の姿も君らしくて好きだな。下ろした銀髪と金の瞳が暖炉《だんろ》の火に照らされて、なんて綺麗なんだ。こんな君が見られる日が来るなんて夢のようだね」

「ミハイル⁉　だから部屋に入らないで！　帰ってくださ――」

「つれないな、ティナ。僕はずっと君といたいのに。大丈夫、ちゃんと帰るよ。心配しないで。でもせっかく同じ家にいるのだからお休みのキスくらいはいいだろう？」

「はあ⁉　ダメですよ何言ってるんですか！　そんな純粋なワンコみたいな顔をしてもダメです！　じゃあそのお酒はあとでいただきますからもう――ぎゃっ」

なのにミハイルは、抵抗する私に有無《うむ》を言わせずおやすみのキスをしたのだった。

流し込まれた果実酒が、ふわりと香ってから私の喉《のど》を落ちていった。

あとがき

この度《たび》は拙著《せっちょ》をお手にとっていただき、誠《まこと》にありがとうございます。

思い起こしてみると、私の人生はずっと理系の人間に囲まれておりました。家族のほとんどが理系。すると当然その周りも理系。そして垣間見《かいまみ》える理系の世界の男性の多さよ。

そんな私が見聞きしてきた理系男子たち、特にどっぷりと理系でオタク気質な人というのは、少々モテないイメージがあるような……？　というより女性が多いところに出てこないから出会いもないし出会っても慣れていなくて第一印象が……という人が多い気が。

でももったいないと思うのですよね。優秀《ゆうしゅう》で真面目ないい人が多いのに。

そんなことをずっと思っていたので、じゃあそんなオタク系理系男子をヒーローにしてみたらどうなるだろうと思って書いたお話が本作です。まあ書いているうちにどんどんデフォルメされ、気がついたら立派なワンコになっていたのですが。おかしいな？

ま、まあ純粋《じゅんすい》で一途《いちず》なあたりは一緒《いっしょ》ということで……。

本作の刊行にあたりご尽力《じんりょく》をいただいた、全ての方に心からの感謝と御礼《おれい》を申し上げます。そしてこの作品を読んでくださった全ての方に、心からの感謝を。

吉高《よしたか》　花《はな》

■ご意見、ご感想をお寄せください。
《ファンレターの宛先》
〒102-8177 東京都千代田区富士見2-13-3
株式会社KADOKAWA ビーズログ文庫編集部
吉高花 先生・KRN 先生

ビーズログ文庫

●お問い合わせ
https://www.kadokawa.co.jp/（「お問い合わせ」へお進みください）
※内容によっては、お答えできない場合があります。
※サポートは日本国内のみとさせていただきます。
※Japanese text only

独身主義《どくしんしゅぎ》の令嬢《れいじょう》は、公爵様《こうしゃくさま》の溺愛《できあい》から逃《のが》れたい

吉高花《よしたかはな》

2022年7月15日 初版発行

発行者 青柳昌行
発行 株式会社 KADOKAWA
〒102-8177 東京都千代田区富士見2-13-3
（ナビダイヤル）0570-002-301
デザイン 世古口敦志＋前川絵莉子（coil）
印刷所 凸版印刷株式会社
製本所 凸版印刷株式会社

ISBN978-4-04-737135-4 C0193

定価はカバーに表示してあります。

◇◇◇

ビーズログ文庫
記憶喪失の侯爵様に溺愛されています
これは偽りの幸福ですか？
お飾り妻のハズなのに
旦那様から溺愛されまくり!?
①～⑤巻、好評発売中！
春志乃《はるしの》
イラスト／一花《いちげ》 夜《よる》
試し読みはここをチェック★
訳あって引きこもりの伯爵令嬢リリアーナは、極度の女嫌いである侯爵ウィリアムと政略結婚をすることに。だけど旦那様が記憶喪失になり、一目惚れされてしまい!? 夫婦の馴れ初めをやり直す糖度120%のラブコメ！